TKKG

Das Buch zum Film

TKKG

Das Buch zum Film

erzählt von Ulrike Leistenschneider

KOSMOS

TKKG – Das Buch zum Film, erzählt von Ulrike Leistenschneider nach dem Drehbuch von Peer Klehmet und Robert Thalheim auf Basis der gleichnamigen Buch- und Hörspielreihe von Stefan Wolf. Die Hörspielreihe erscheint auf dem Label EUROPA der SONY Music Entertainment (Germany) GmbH.
Umschlaggestaltung von Weiß-Freiburg GmbH unter Verwendung des originalen Filmplakats von Warner Bros. Pictures Germany GmbH.

FSC MIX Papier aus verantwortungsvollen Quellen FSC® C014496 www.fsc.org

Gedruckt auf chlorfrei gebleichtem Papier

ISBN 978-3-440-16555-3
Redaktion: Anne Pagel
Grundlayout und Satz: DOPPELPUNKT, Stuttgart
Produktion: Verena Schmynec
Druck und Bindung: GGP Media GmbH, Pößneck
Printed in Germany / Imprimé en Allemagne

Inhalt

1. Kapitel

Die Musik war cool. Tim Carsten rückte seine Kopfhörer zurecht. Der Walkman war Baujahr 1985, aber er liebte ihn heiß und innig. Genau wie das Sprayen von Graffitis. Wenn er mit den anderen Sprayern unterwegs war, fühlte er sich gut. Sie waren zu viert, einer stand Schmiere, die anderen drei mussten schnell arbeiten. Der Nervenkitzel gefiel Tim. Aber hier auf dem Dach eines Hochhauses am Rande der Millionenstadt hatten sie nichts zu befürchten. Bis jemand etwas bemerkte, waren sie längst fertig und über alle Berge. Außerdem regnete es heute, da würde bestimmt sowieso niemand hier vorbeikommen.

Tim hatte die Kapuze seines roten Hoodies über die Kopfhörer gezogen. Konzentriert arbeitete er an dem Schriftzug vor sich: *Unite*. Das Graffiti würde der Hammer werden. Mit gekonnten Schwüngen hielt er die Spraydose und bewegte den Kopf rhythmisch zur Musik. Das war einfach genial, tausendfach besser als Schule. Tim hielt inne. In welcher Farbe würde der Rahmen der Schrift wohl am besten rüberkommen?

Arglos nahm Tim die Kopfhörer ab. Hinter sich hörte er Schritte. »Grün oder Blau?«, fragte Tim. Er drehte sich um, doch von seinen Freunden war niemand mehr zu sehen. Verwirrt wandte sich Tim in die andere Richtung und erstarrte.

Zwei Polizisten blickten ihm streng entgegen. »Ups!«, entfuhr es Tim. Er überlegte eine Sekunde. Die anderen waren längst abgehauen und auch für ihn wurde es allerhöchste Zeit. Doch wie sollte er hier wegkommen?

Mit erhobenen Armen ging Tim auf die beiden Polizisten zu, in einer Hand hielt er noch die Spraydose. Es sah aus, als wolle er sich ergeben. Nicht jeder Zwölfjährige bildete sich ein, zwei Polizisten austricksen zu können. Doch Tim war schlau und sportlich. Also hatte er eine ernst zu nehmende Chance.

Im letzten Moment warf er die Spraydose auf die Polizisten und rannte los. Die Polizisten waren so verdutzt, dass Tim wichtige Sekunden Vorsprung gewann. Mit einem waghalsigen Sprung rettete er sich über einen hohen Absatz auf die andere Seite des flachen Daches. Er riskierte einen kurzen Blick nach hinten. Mist, die beiden Polizisten hangelten sich ebenfalls herab. Doch er war schneller.

Tim rannte weiter. Vor ihm lag das Ende des Daches. Dahinter ging es über zehn Stockwerke in die Tiefe. Er saß in der Falle. Was nun? Hinter sich hörte er die Polizisten keuchen. Er hatte keine Wahl. Tim schwang sich über die Dachkante. Unter ihm war ein Balkon, was für ein Glück. Ohne einen weiteren Gedanken zu vergeuden, sprang er hinunter. Er landete sicher, doch bei dem Sprung rutschte sein Handy aus seiner Jackentasche. »Mist!«

Tim sah, wie es in die Tiefe segelte und auf der Straße in tausend Teile zerschellte.

Über ihm erschienen die Köpfe der beiden Polizisten. »Stehen bleiben!«, schrie einer und machte sich daran, ebenfalls über die Dachkante zu klettern.

Es gab nur einen Weg. Tim stürzte durch die offene Balkontür in ein Wohnzimmer, in dem gerade zwei ältere Damen bei Kaffee und Kuchen saßen. »Tut mir leid!«, brachte Tim mit einem charmanten, aber gehetzten Lächeln hervor und fügte noch ein »Guten Appetit« hinzu, ehe er an den sprachlosen Frauen vorbeihastete.

Mit offenem Mund starrten sie ihm hinterher. »Polizei!«, brachte eine der Damen kaum hörbar hervor. Da krachte es schon wieder auf dem Balkon. Als wäre ihr tonloser Ruf erhört worden, stürmte nun einer der Polizisten durch ihr Wohnzimmer. Die beiden Damen umklammerten ihre Kuchengabeln und Teller und konnten es nicht fassen. Doch weder der Polizist noch Tim hatten Zeit, sich um sie zu kümmern.

Tim rannte durch die Wohnungstür und das Treppenhaus hinunter. Über sich hörte er schon den Polizisten poltern. Er schien ihm dicht auf den Fersen zu sein. Tim wagte es nicht, sich umzudrehen. Jede Sekunde zählte. Er war noch immer weit oben, vielleicht im achten Stock. Plötzlich sah er eine Glastür vor sich. Ein Ausgang! Tim öffnete die Tür, sprang über die dahinterliegende Brüstung und landete auf dem weitläufigen Dach eines Nebengebäudes. Gut, hier kannte er sich aus. Tim hastete weiter. Wenn er Glück hatte, war der Gang beim Lüftungskanal offen. Er raste auf das silbern glänzende Rohr zu, sprang auf das Blech und rannte dort entlang weiter. Doch sein Verfolger sprintete unermüdlich hinter ihm her.

Jetzt sprang Tim über zwei weitere Kanten, dahinter war die Bodenluke. In Windeseile öffnete er die Klappe und verschwand darin. Genau rechtzeitig. Als der Polizist ankam, war von Tim keine Spur mehr zu sehen. Wütend trat der Polizist gegen die Dachkante. Er verstand einfach nicht, wie der Junge ihm hatte entwischen können.

Das Gebäude, das Tim so gut kannte, war der Supermarkt, in dem seine Mutter arbeitete. Deshalb wusste er um die Luke, die in einen Gang führte. Er ließ sich hinabfallen und ging schwer atmend den Flur entlang. Schließlich kam er zur Hintertür des Geschäfts. Mit dem Ärmel seines T-Shirts wischte er sich den Schweiß vom Gesicht und fuhr sich kurz durch die dunklen Haare. Er wartete noch ein bisschen. Als er sicher war, dass die Polizisten nicht länger nach ihm suchen würden, betrat er betont locker den Laden. Wie selbstverständlich nahm er sich einen Becher Buttermilch aus einem Regal und öffnete ihn. Gierig trank er aus, während er weiter in Richtung der Kassen schlenderte. Dort entdeckte er seine Mutter. Sie bediente gerade eine Kundin und wünschte ihr einen schönen Tag. Susanne Carsten hatte die gleichen dunklen Haare wie ihr Sohn und war eine gut aussehende Frau Ende dreißig, auch wenn sie von der Arbeit etwas ausgelaugt wirkte.

»Hey, Mama«, sagte Tim und umarmte sie kurz.

Seine Mutter blickte ihn ernst an. »Ich war heute in der Schule«, sagte sie. »Im Gegensatz zu dir! Der Kalmuczak wollte mit mir sprechen.«

Schuldbewusst senkte Tim den Kopf. Eigentlich hätte er damit rechnen müssen, dass sein Lehrer sich irgendwann bei seiner Mutter melden würde. Nicht zum ersten Mal hatte Tim die Schule geschwänzt. Aber dass sie gleich in die Schule bestellt wurde, machte ihm wirklich ein schlechtes Gewissen. Er wollte nicht, dass sie seinetwegen Ärger bekam. »Sorry, ich musste ...«, begann er, doch seine Mutter ließ ihn nicht ausreden.

»Herzlichen Glückwunsch!«, sagte sie und nun breitete sich ein Strahlen in ihrem Gesicht aus. »Du hast den landesweiten Mathetest gewonnen!« Sie klatschte vor Freude in die Hände.

Etwas verdutzt sah Tim sie an. Hatte er gerade richtig gehört? Gewonnen? Nun, das war eine überraschende Wende der Ereignisse, die ihm mehr als gelegen kam. »Cool!«, sagte er und grinste breit.

»Dein Vater wäre sehr stolz auf dich. Und ich bin es auch«, fügte seine Mutter glücklich hinzu und schloss ihren Sohn noch einmal in die Arme. Dann zog sie einen Brief aus ihrem Fach unter der Kasse hervor. »Guck mal!«

Auf dem Briefkopf war ein altes, barockes Gebäude zu sehen, es sah fast aus wie ein Schloss. Tim runzelte die Stirn. Was hatte das nun schon wieder zu bedeuten? Schnell überflog er den Brief. »MINT-Förderprogramm?« Fragend sah er seine Mutter an.

Stolz erklärte sie ihm: »Kalmuczak hat dich mit diesem Ergebnis für ein Internatsstipendium vorgeschlagen. Und stell dir vor, sie haben dich genommen!«

»Was, echt?«, stieß Tim verblüfft hervor.

»Und das Beste«, fuhr seine Mutter unbeirrt fort und drückte ihm noch einen Prospekt in die Hand. »Du kannst da nicht mehr schwänzen! Weil du ab jetzt in der Schule wohnst!« Sie grinste siegessicher, so als hätte sie Tim gerade bei all dem überlistet, was er schon Schlimmes angestellt hatte.

Ungläubig starrte Tim sie an. Das war ja wie im Märchen! Gerade noch wurde er von der Polizei verfolgt und nun sollte er ein Stipendium für ein angesehenes Internat erhalten? Irgendwie war ihm das nicht ganz geheuer. Skeptisch blätterte er in den Prospekt hinein. Ordentlich gekleidete Jugendliche posierten vor dem Portal des Internats und blickten ihm und der Zukunft optimistisch entgegen.

»Warte mal, ich kenne da doch niemanden«, warf Tim ein.

»Aber du wirst da tolle neue Leute kennenlernen«, erwiderte seine Mutter und lächelte mindestens genauso optimistisch wie die Jugendlichen auf dem Prospekt.

2. Kapitel

Auf dem Rollfeld des Flughafens landete ein schicker, weißer Privatjet, auf dessen Heckflügel ein geschwungenes schwarzes *S* prangte. Im Flugzeug saßen Willi Sauerlich und sein junger Chauffeur und Pilot Georg.

Während der Jet ausrollte, wurde im Radio ein altmodischer Song gespielt. »Die Morgencrew wünscht allen Hörern der Millionenstadt einen guten Start in den Tag«, ertönte die fröhliche Stimme des Radiomoderators. »Die Sommerferien sind vorbei, der Ernst des Lebens beginnt wieder!« Dazu lachte er, als sei der Ernst des Lebens ein Riesenspaß.

Willi, der ein schickes Jackett trug und sein Gesicht mit einer dunklen Sonnenbrille bedeckt hatte, stöhnte.

Während Georg seine Kopfhörer abnahm und die Tür des Flugzeugs öffnete, erhob sich Willi aus seinem Sitz und marschierte mit seinen blitzblanken Slippern zum Ausgang. Die Sonnenbrille war berechtigt, das erkannte er sofort.

»Strahlend blauer Himmel. Ist doch wie in Nizza«, bemerkte Georg fröhlich hinter ihm.

»Aber ohne Meer, dafür mit Schule!«, entgegnete Willi leicht genervt.

Georg schleppte Willis Koffer und Taschen neben ihm her. »Diesmal klappt's bestimmt«, meinte er zuversichtlich.

»Hm«, brummte Willi und schritt zielsicher auf eine edle, schwarze Limousine zu, die in der Halle neben der Landebahn geparkt war. »Darf ich fahren?«, wandte er sich an Georg.

Obwohl Willi erst dreizehn Jahre alt war, konnte er schon ein bisschen Auto fahren. Georg hatte es ihm heimlich beigebracht. Doch jetzt lehnte Georg schmunzelnd ab: »Heute nicht! Wir wollen doch ankommen.« Dann zeigte er auf Willis Sonnenbrille. »Brille!«, sagte er lächelnd und hielt die Hand auf.

Murrend zog Willi die Sonnenbrille ab und gab sie Georg. Dann ließ er sich auf die Rückbank der Limousine fallen, während sich Georg hinter das Lenkrad setzte und losfuhr.

Während Georg und Willi die Straßen der Millionenstadt entlangbrausten, stieg Tim gerade aus dem Bus. Heute begann auch für ihn der Ernst des Lebens, er würde im Internat einziehen. Seine Sachen hatte er alle in einen großen Rucksack gepackt und wie immer trug er seinen alten Walkman um den Hals. Tim hörte immer dasselbe Tape, er besaß nur dieses eine.

Als der Bus davongefahren war, erkannte Tim das alte Barockgebäude, das er auf dem Briefkopf gesehen hatte. Es war aus rotem Backstein mit großen, edlen Treppenaufgängen von zwei Seiten. Alles wirkte noch größer und feiner, als er gedacht hatte, denn links und rechts des Innenhofs gab es neuere Anbauten. Das flößte Tim gehörigen Respekt ein. Er vergrub die Hände in seinen Jackentaschen und ging mit gemischten Gefühlen durch das große Eingangstor. Dahinter lag der geräumige Pausenhof, auf dem sich schon einige Schüler tummelten. Sie standen in kleineren Gruppen zusammen und redeten, lachten oder spielten mit ihren Handys. Alles wirkte recht freundlich und Tim trat etwas gelöster auf das Hauptgebäude zu.

Welches Zimmer hatte er noch mal? Ah, 53, da stand es auf dem Zettel, den er sich extra eingesteckt hatte.

Plötzlich stieß Tim mit einem Jungen zusammen, der so klein war, dass er ihn glatt übersehen hatte. Ein großer Stapel mit Heften fiel zu Boden. Erschrocken rückte der Junge seine Brille zurecht und begann hektisch, die Hefte aufzusammeln. Tim half ihm schnell. Dabei blieb sein Blick zufällig an einer Matheaufgabe hängen und er erkannte einen Fehler. »Der rationale Exponent ist 8, nicht 7«, erklärte er dem Jungen in der Annahme, dass dieser froh über seine Hilfe sein würde.

Doch der Junge schaute nur erstaunt auf das Blatt und murmelte dann mehr zu sich selbst: »Ein paar Fehler muss man ja einbauen.« Dann suchte er hastig die restlichen Sachen zusammen.

Tim verstand kein Wort. »Weißt du, wo Zimmer 53 ist?«, fragte er noch, bevor der Junge abhauen konnte.

Mit einem Stift wies der Junge auf ein Fenster. »Da, die 53 ist das *Adlernest!*«, erwiderte er, dann hastete er weiter. Verwundert blickte Tim ihm hinterher. Hoffentlich waren seine Mitschüler hier nicht alle so verpeilt.

Sein Zimmer lag im Dachgeschoss. Es war zwar klein und mit zwei Betten, Schreibtischen und Schränken ausgefüllt, aber es wirkte ganz gemütlich. Das würde also für die nächsten Jahre sein Zuhause sein. Tim ging zum Fenster und zog die Gardinen auf. Man konnte auf den Vorplatz schauen, gar nicht so schlecht, fand er. Da sah er eine schicke, schwarze

Limousine vorfahren. Ein übergewichtiger Junge im Jackett und mit viel zu viel Gel in den Haaren sowie ein smarter junger Typ im Anzug, mit schwarzer Dienstkappe und cooler Sonnenbrille stiegen aus.

Willi blickte anerkennend an der Fassade des Internats hinauf. »Und, was musste mein Vater dieses Mal springen lassen, um mich hier unterzubringen? Neue Computer? Eine neue Bibliothek?«, fragte er, während er mit seinem dunkelgrünen Samtkissen unter dem Arm auf den Eingang zuging.

Georg trug wie immer sein restliches Gepäck. Ohne eine Miene zu verziehen, antwortete er: »Das sowieso. Dazu ein neues Sportstadion mit Höhentrainingssimulation und Schwimmbad.«

Willi blieb überrascht auf der ersten Treppenstufe stehen. »Echt?«

Als Georg seinen fragenden Blick sah, setzte er noch eins obendrauf: »Und eine Kreuzfahrt für die gesamte Lehrerschaft.« Nun musste er aber doch lachen.

»Alter!«, sagte Willi kopfschüttelnd, als er kapierte, dass Georg ihn nur veräppelt hatte. Lachend schlug er ihm das Kissen vor den Bauch.

Gemeinsam gingen sie in das Gebäude hinein. Vor der Zimmernummer 53 stoppte Willi und öffnete die Tür. Tim packte gerade seinen Rucksack aus.

»Sorry!« Schnell zog Willi die Tür wieder zu. Verwirrt sah er auf seinem Handy nach. Aber dort stand, dass die 53 sein Zimmer war. »Also doch!«, stellte Willi fest und öffnete entschlossen ein zweites Mal die Tür. »Entschuldigung, das hier ist Zimmer 53«, sagte er mit wichtigem Gesicht und trat ein.

»Stimmt.« Tim lächelte Willi stirnrunzelnd, aber freundlich an und kam auf ihn zu.

Doch Willi war nicht so freundlich gesinnt. »Das muss ja wohl ein Missverständnis sein. Die 53 ist MEIN Zimmer«, brachte er etwas überheblich hervor.

»Okay!« Tim nickte noch immer freundlich. »Meins auch«, sagte er und hielt Willi zur Begrüßung die Faust hin.

Leicht angewidert drehte Willi sich weg. »Ein Doppelzimmer?«, wandte er sich entsetzt an Georg und ignorierte Tim komplett. Dann begutachtete er sein Bett. »Ey, mein Vater hasst mich echt, oder?«

Schnell wandte sich Georg an Tim: »Das meint er nicht so.«

»Doch.« Willi ließ sich auf sein Bett plumpsen. »Ein Doppelzimmer mit einem Turnschuhträger«, sagte er vorwurfsvoll. Er zog ein Tuch hervor und polierte damit demonstrativ seine weißen Slipper.

Erstaunt blickte Tim auf seine Sneaker. Was war an ihnen bitte schön so schlimm?

Georg redete noch immer auf Tim ein. »Gib ihm 'ne Chance. Er hat ein großes Herz, man braucht nur manchmal etwas Zeit, um es zu entdecken ...«

»Und ich dachte, nach dem Internat in Piemont kann es nicht schlimmer kommen!«, rief Willi dazwischen.

Beschwichtigend stellte sich Georg vor Willi und hockte sich zu ihm herunter. »Hör mal, das wird schon«, versuchte er, ihn zu beruhigen.

Willi ließ den Kopf hängen. »Kannst du nicht noch ein bisschen bleiben?«, bettelte er.

Georg schüttelte den Kopf. »Ich muss morgen früh für deinen Vater nach Genf fliegen.«

Bekümmert blickte Willi zu Boden. Georg legte ihm tröstend eine Hand auf die Schulter. »Sei nicht traurig. Ich gehe direkt am Flughafen zur Privatconfiserie und schicke dir den Macaronkuchen mit Zitronensoufflé im Buttermantel. Mit dem Morgenkurier. Versprochen!«

Tim traute seinen Ohren nicht. Privatconfiserie? Wen hatte er da eigentlich vor sich?

Willi lächelte Georg dankbar an. Dann umarmten sich die beiden lange. »Mach's gut, Klößchen«, sagte Georg.

Klößchen! Nun konnte sich Tim ein Lächeln nicht verkneifen. Was für ein passender Name für diesen dicken Jungen.

Willi war Tims Grinsen nicht entgangen. Sofort verschwand das selige Lächeln, das Georg ihm entlockt hatte, aus seinem Gesicht. »Ey, nee!«, stellte er klar. »So dürfen mich nur meine Freunde nennen.«

»Alles klar. Davon hast du ja bestimmt 'ne Menge«, erwiderte Tim spöttisch.

»Zufälligerweise ja«, prahlte Willi. »Aber nur die wirklich guten, also einige Auserwählte, dürfen mich so nennen.« Dann leerte er eine seiner Reisetaschen aus. Unzählige Tafeln Schokolade kamen zum Vorschein.

Verblüfft nahm Tim eine in die Hand. Auf der blauen Verpackung stand in geschwungener Goldschrift *Sauerlichs Beste.* Daneben war unverkennbar Willis Gesicht abgebildet.

Grinsend hielt Tim Willi die Schokolade hin. »Klößchen?«, erkundigte er sich.

»Ja, Klößchen.« Gereizt nahm Willi ihm die Schokolade ab. Da knackte es plötzlich in dem kleinen Lautsprecher, der an der Zimmerdecke angebracht war. Es folgte ein Knistern und dann ertönte eine Männerstimme: »Die neuen Internatsschüler Tim Carsten und Willi Sauerlich, bitte mal in der Bibliothek einfinden!«

Willi und Tim warfen sich einen kurzen Blick zu, dann gingen sie ohne ein Wort los.

»Was hast du eigentlich gegen Turnschuhe?«, fragte Tim, als sie über den Schulhof liefen.

Vollkommen ernst antwortete Willi: »Beim Sport habe ich nichts dagegen. Aber den mache ich ja nicht.«

Sie liefen durch eine größere Gruppe von Schülern, die anscheinend auf eine Orchesterprobe warteten. Einige von ihnen hatten Polohemden mit dem Schulemblem darauf an und trugen Instrumentenkoffer mit sich. Plötzlich entdeckte Tim den kleinen Jungen, mit dem er vorhin zusammengestoßen war. Drei größere Jungs hatten sich vor ihm aufgebaut.

»Ey, Superbrain, hast du Mathe gemacht?«, rief ein vorlauter blonder Junge und hielt fordernd die Hand auf.

Schüchtern übergab der Kleine ihm die Hefte, die Tim zuvor mit eingesammelt hatte.

»Sehr schön!« Der blonde Junge grinste. »War ja wohl krass, dass wir über die Ferien arbeiten sollten ...«

»So hattest du wenigstens was zu tun«, feixte einer der anderen beiden mit fiesem Grinsen.

Tim spürte Wut in sich aufsteigen. »Zum Selbermachen seid ihr wohl zu blöd?«, sagte er höhnisch im Vorbeigehen.

Den Spruch hätte er sich besser verkniffen. Die drei Jungen kamen auf ihn zu. »Bist du nicht der Stipendiat aus dem Getto?«, fragte der Blonde abfällig.

Der Junge mit dem fiesen Grinsen schnappte sich plötzlich Tims Walkman aus der Seitentasche seines Rucksacks. »Guckt mal, aus dem Museum!«, rief er hämisch und warf das Gerät schnell seinem Freund zu. Alle lachten.

»Ey, hat der kein Handy, oder was?« Der blonde Junge sah sich beifallheischend um.

Im Nu hatte sich ein Pulk um sie herum versammelt. Auch einige Mädchen kamen herüber. Willi stellte sich schnell zu ihnen. Auf keinen Fall wollte er damit etwas zu tun haben.

»Gib ihn mir einfach wieder!«, sagte Tim möglichst ruhig, doch in ihm brodelte es bereits gewaltig.

Der blonde Junge hielt den Walkman in der Hand. Mit provozierender Stimme fragte er: »Und wenn ich ihn dir nicht gebe?«

Das war zu viel für Tim. Mit einem Satz stürzte er sich auf den Jungen, drehte seinen Arm nach hinten und rang ihn nieder. Der Junge lag mit schmerzverzerrtem Gesicht am Boden und konnte sich nicht rühren.

Da trat ein blondes Mädchen aus den umstehenden Mitschülern hervor. »Warum machst du denn gleich einen auf Tarzan?«, wollte sie wissen und musterte Tim ohne Angst. »Es wollte dir doch keiner was tun ...«

Tim atmete kurz durch. Dann nahm er seinen Walkman,

ließ den Jungen los und richtete sich auf. Schnell rappelte der überraschte Junge sich auf und stolperte davon.

»Sonst noch was?«, sagte Tim betont gleichgültig zu dem Mädchen.

»Das Ding muss dir ja voll wichtig sein«, bemerkte das Mädchen mit Blick auf seinen Walkman.

»Das geht dich nichts an«, erwiderte Tim bloß.

»Was ist denn hier los?«, ertönte plötzlich eine Stimme hinter ihnen. Erschrocken drehten sich alle um. Die Schuldirektorin, Frau Müller-Borello, drängte sich durch den Pulk hindurch und schaute missbilligend zu Tim. »Na, du fügst dich ja gut ein. Solltet ihr euch nicht bei Herrn Pauling einfinden?«, fragte sie.

Sofort war Willi an ihrer Seite. »Ich sage ihm schon die ganze Zeit, dass er kommen soll«, meinte er eifrig, obwohl das kein bisschen stimmte.

Die Direktorin beachtete ihn nicht weiter. »Na, das fängt ja gut an. Von dir als Stipendiat hätte ich ein wenig mehr erwartet«, sagte sie zu Tim. Schuldbewusst schaute er zu Boden. Frau Müller-Borello klatschte in die Hände. »So, es ist nichts passiert!«, meinte sie zu den anderen Schülern. »Weiter geht's!« Der Pulk löste sich wieder auf. »Und ihr zwei kommt mal mit mir mit. Wir gehen zu Herrn Pauling, der ist bei uns für die Internatsschüler zuständig«, sagte sie und ging voran. Willi und Tim folgten ihr zur Bibliothek, wo Herr Pauling bereits auf sie wartete.

Herr Pauling war ein junger Lehrer, der eher wie ein guter Kumpel wirkte. Lässig schritt er zwischen kleinen, fahrbaren

Regalen herum und fischte immer wieder Bücher daraus hervor. Willi und Tim beobachteten ihn dabei und würdigten einander keines Blickes. »So, die Frau Direktorin habt ihr also schon kennengelernt. Ich sag es euch gleich: Mit der Mübo – und dieses Wort habt ihr nicht von mir – ist nicht zu spaßen.« Er zwinkerte und warf Willi und Tim jeweils ein Buch zu. »Und hep! – Chemie. Und, habt ihr noch irgendwelche Fragen, irgendetwas auf dem Herzen?«, erkundigte er sich.

Nun war Willi in seinem Element. »Ich nehme mein Frühstücksei 3,5 Minuten gekocht«, sagte er bestimmt. »Keines meiner Lebensmittel darf auch nur die kleinste Spur von Avocado enthalten, davon bekomme ich extreme Blähungen. Nachtisch bringe ich grundsätzlich selbst mit.« Er wedelte mit einer Tafel Schokolade.

Belustigt blickte Pauling ihn an. »Alles klar!«, sagte er mit ironischem Unterton und wandte sich wieder den Bücherregalen zu. »Ich kümmere mich ab jetzt um nichts anderes mehr, versprochen.«

»Und das mit dem Zimmer scheint ja wohl schiefgelaufen zu sein«, ereiferte sich Willi weiter. »Ich habe doch sicherlich ein Einzelzimmer?«

»Leider nein«, erwiderte Pauling, während er ihnen weitere Bücher zuwarf. »Ehrlich gesagt habe ich euch absichtlich zusammengelegt. Und hep, Mathe. Ich glaube nämlich, ihr beide könnt voneinander profitieren. Bei Tim scheint es zwar ein kleines Problem mit dem Temperament zu geben, aber immerhin hat er sich seinen Platz hier durch Leistung verdient.«

Willi verdrehte die Augen. »Streber!«

»Bei dir gab es im Gegensatz dazu ja einige Bedenken«, wandte sich Pauling nun an ihn. »Ist ja schließlich auch schon dein fünfter Anlauf ...«

»Vierter«, unterbrach ihn Willi wichtigtuerisch. »Bei der vorletzten Schule bin ich schon rausgeflogen, bevor ich überhaupt da war.«

»Ach, echt?«, erwiderte Pauling mit hochgezogenen Augenbrauen. »Na, das ist natürlich etwas ganz anderes.« Er warf ihnen weitere Bücher entgegen. »Na ja, deine Eltern haben sich jedenfalls mächtig für dich ins Zeug gelegt«, bemerkte er. »Das hat mich sehr beeindruckt. Genauso wie die Kunstsammlung deines Vaters. Wirklich sehr außergewöhnlich! Er hat sogar versprochen, uns das ein oder andere Exponat für den Kunstunterricht zur Verfügung zu stellen. Was sich natürlich positiv auf deine Noten auswirken würde.«

»Was? Wirklich?«, rief Willi begeistert aus.

Pauling lächelte. »Träum weiter.« Er blieb vor ihnen stehen. »Also, wenn ihr irgendwelche Probleme habt, dann kommt zu mir. Alles klar? So, und jetzt reicht euch mal die Hand, auf die neue Zimmergemeinschaft!«

Tim und Willi sahen sich an und gaben sich schließlich widerwillig die Hand, wobei ihre Bücherstapel bedenklich ins Wanken gerieten.

»Geht doch!«, meinte Pauling zufrieden.

3. Kapitel

Die Nacht war angebrochen. Mit offenen Augen lag Tim in seinem Bett. Willi brabbelte leise im Schlaf vor sich hin.

Seufzend setzte Tim sich auf und schaute aus dem Fenster. Draußen war es ganz klar, Millionen heller Sterne funkelten am Himmel. Unwillkürlich musste er an seine Mutter denken. Wie es ihr wohl ging?

Der erste Tag im Internat war so aufregend gewesen, dass er gar nicht an sie gedacht hatte. Mit einem wehmütigen Lächeln erinnerte sich Tim, wie sie ihn gestern Morgen ein letztes Mal umarmt hatte, bevor er gefahren war. Er hätte sich ja auch mal kurz bei ihr melden können.

Da fiel sein Blick auf Willis Handy, das er neben sich im Bett liegen hatte. Zögerlich streckte Tim seine Hand aus. Mit einem Mal rollte sich Willi im Schlaf halb auf sein Handy.

»Hamsterbacke ...«, murmelte er und Tim musste unweigerlich ein wenig grinsen. »Lass mich ...«, Willi wälzte sich unruhig im Schlaf und gab sein Handy wieder frei.

Vorsichtig nahm Tim es. »Verdammt!«, flüsterte er, als er merkte, dass es gesperrt war. Doch zum Glück mit Fingerabdruck. Vorsichtig legte er Willis Daumen auf den On-Knopf. Nun wurde das Handy entsperrt.

Rasch tippte Tim eine Nachricht an seine Mutter: *Liebe Mama, bin gut angekommen.*

Plötzlich fuhr Willi auf und knipste das Licht an. »Hey!«, rief er empört.

»Sorry«, sagte Tim ertappt. »Ich musste meiner Mutter nur eine kurze Nachricht schicken. Ich habe gerade leider kein Handy.«

Entschlossen stand Willi auf und ging im Pyjama zur Tür.

»Wo willst du denn hin?«, fragte Tim verblüfft.

»Wohin wohl?«, erwiderte Willi. »Ich geh sagen, dass du mein Handy geklaut hast.«

»Mann, nein!« Mit einem Satz sprang Tim ihm nach und hielt ihn am Arm fest.

»Was soll das jetzt?«, fuhr Willi ihn an. »Willst du mich auch noch verprügeln?«

In diesem Moment gab es draußen ein lautes Getöse. Es klang, als würde ein UFO direkt aus dem Weltall über das Internat hinwegrauschen. Etwas explodierte und der Himmel wurde kurz in helles Licht getaucht. Tim und Willi drehten sich gleichzeitig zum Fenster und sahen in der Ferne eine riesige Rauchwolke aufsteigen. Außerdem schien ein Fallschirmspringer am Himmel zu sein. Aber ganz genau konnten sie es nicht erkennen.

»Krass. Was ist das?«, fragte Willi verdutzt.

»Das müssen wir uns ansehen«, meinte Tim und griff nach seiner Jacke.

»Wenn es interessant ist, steht es morgen eh im Netz«, entgegnete Willi und seine Stimme bebte leicht.

Tim war schon in seine Jacke geschlüpft. »Willst du nur über andere lesen oder auch mal selbst der Held sein?« Er sah Willi auffordernd an. »Los, wir nehmen dein Handy als Taschenlampe.«

Doch Willi schüttelte unsicher den Kopf. »Ich geh da nicht raus.«

Tim verdrehte die Augen und hielt die Hand auf. »Dann gib mir dein Handy so mit.«

Aber das wollte Willi ihm auf keinen Fall einfach überlassen. Seine Augen verdichteten sich zu schmalen Schlitzen.

Wenig später gingen die beiden über den Schulhof. Tim leuchtete mit Willis Handy den Weg aus, während Willi sich immer wieder verunsichert umsah. Bemerkte auch niemand, dass sie gerade abhauten? Nicht auszudenken, wenn die Schulleitung das mitbekam. Ein fünftes Mal wollte er wirklich nicht von der Schule fliegen.

»Los, komm!«, winkte Tim ihm ungeduldig zu und Willi wurde etwas schneller. Am Horizont deutete ein dunkelblauer Streifen schon die Morgendämmerung an. Die beiden liefen durch das Schultor und orientierten sich an der Rauchsäule, die vor ihnen am Himmel qualmte. Sie liefen durch die Straßen zum Feldrand und gingen einen kahlen Schotterweg entlang. Bald war der Morgen ganz angebrochen und Tim konnte die Taschenlampe ausmachen.

»Du bist noch viel bescheuerter, als ich dachte«, sagte Willi kopfschüttelnd, während sie den Weg entlangliefen. Entsetzt deutete er auf ein brennendes Metallteil, das vor ihnen auf der Wiese lag.

Tim begutachtete interessiert das rauchende Gebilde. »Willst du nicht wissen, was dahinten passiert ist?«, fragte er.

»Nee, will ich nicht!«, rief Willi heftig und riss Tim das Handy aus der Hand. Demonstrativ blieb er stehen. »Und falls ich irgendwie den Eindruck erweckt habe, dass ich mutig bin, oder so«, fügte er hinzu, »das stimmt nicht! Ich hatte schon vor *Shaun das Schaf* Angst.«

Tim ging einfach weiter. »Wir müssen näher ran, komm!«

»Das ist immer der letzte Satz in Horrorfilmen, bevor alle sterben«, jammerte Willi.

»Und was passiert mit denen, die allein zurückbleiben?«, entgegnete Tim. In Gedanken zählte er langsam bis zehn. Der Abstand zwischen ihnen wurde immer größer.

»Warte!« Panisch sah sich Willi um, dann nahm er die Beine in die Hand und rannte leicht watschelnd los.

Triumphierend grinste Tim vor sich hin. Er hatte sich nicht getäuscht.

Nach einer Weile kamen sie eine kleine Böschung hoch und nun konnten sie endlich sehen, was passiert war. Sie trauten ihren Augen kaum. Vor ihnen lagen die brennenden Einzelteile eines Jets.

Willi schnappte nach Luft. Das konnte doch nicht sein! »Das ist unser Flugzeug!«, stieß er hervor und rannte entsetzt auf die Wrackteile zu.

»Willi!« Vergeblich versuchte Tim, ihn aufzuhalten.

Sprachlos blieb Willi stehen. Das Heck war in der Mitte zerbrochen. Jetzt sah Tim den Heckflügel mit dem schwarzen, geschwungenen *S* und der Aufschrift *Sauerlichs Beste*.

»Oh nein, Georg«, flüsterte Willi, dann rannte er weiter und schrie angsterfüllt: »Georg!?! Georg???« Er hielt inne und nahm sein Handy.

»Willi, komm!«, rief Tim und wollte ihn wegziehen.

»Mann, lass mich!« Hastig wählte Willi auf seinem Handy Georgs Nummer. »Mailbox«, stieß er aus. »Das darf doch nicht wahr sein!«

In der Ferne hörten sie Polizeisirenen. Nun wurde Tim noch unruhiger. Mit der Polizei wollte er gerade lieber nichts zu tun haben. »Komm, hier ist niemand«, sagte er. »Lass uns abhauen.«

Doch Willi schüttelte den Kopf. »Lass mich in Ruhe!«, schrie er Tim noch einmal an.

Verzweifelt hob Tim die Schultern. »Georg ist bestimmt noch abgesprungen. Das hat man doch vorhin gesehen ...«

Nun atmete Willi ein klein wenig ruhiger. Er warf Tim einen dankbaren Blick zu. Für einen kurzen Moment verband die beiden Jungen so etwas wie Freundschaft. Doch dann tönten die Polizeisirenen dazwischen. Sie waren jetzt schon viel näher. Schnell zog Tim Willi mit sich.

Hinter hohen Gräsern fanden sie Deckung und konnten ungestört beobachten, wie die Polizei am Unfallort eintraf.

Nach und nach kamen weitere Polizei- und Feuerwehrwagen, um das brennende Wrack zu löschen. Es kam Tim etwas kopflos vor, wie alle umherrannten. Aber wenn er ehrlich war, wusste er auch nicht, was als Nächstes zu tun war.

Ein Zivilwagen kam angerast. Als er in der Nähe ihres Verstecks anhielt, traute Tim seinen Augen kaum. Auf dem Rücksitz des Wagens saß das blonde Mädchen vom Pausenhof. Er stieß Willi an. »Die kennen wir doch ...«

Willi riss die Augen auf. »Krass, ist die verhaftet worden?«

Ein Mann mit verbeultem Trenchcoat und zerzausten Haaren stieg aus dem Auto. Hinter ihm öffnete auch das Mädchen die Wagentür. »Du bleibst hier, Gaby«, sagte der Mann, »bis wir wissen, was passiert ist.«

»Nein!«, erwiderte Gaby.

»Doch!«, sagte der Mann energisch und wandte sich an einen schnieken Mann im Jackett, der ihn schon erwartete und etwas unbeholfen dreinblickte. »Mensch, Bienert!«, meinte der Mann im Trenchcoat missbilligend. »Das muss alles viel weitläufiger abgesperrt werden.«

Wahrscheinlich war er der Kommissar und dieser Bienert sein Assistent, vermutete Tim. Ein leicht ulkiges Gespann, dachte er grinsend.

»Papa!«, rief Gaby. »Dein Funker!« Sie warf ihrem Vater das Funkgerät zu.

Er fing es auf. »Danke!« Dann ging er eilig mit seinem Assistenten Bienert davon.

Einige Polizeibeamte begannen, das Gelände mit Absperrband einzuzäunen. Vom Wagen aus schaute Gaby ihnen zu. Es war ihr deutlich anzusehen, wie es ihr in den Fingern juckte. Schließlich schnappte sie sich eine Rolle Absperrband und half wie selbstverständlich mit. Das Absperrband flatterte hinter ihr im Wind, während sie es an ein paar Stangen befestigte, die von den Polizisten in die Erde gerammt worden waren. Beeindruckt stellte Tim fest, dass Gaby ihre Sache genauso gut wie die Polizisten erledigte. Sie schien das nicht zum ersten Mal zu machen.

Nun kam Gaby immer näher zu den Gräsern, hinter denen sich Willi und Tim versteckten. Die beiden duckten sich tiefer. Doch ein paar Halme hatten sich bewegt. Gaby hielt inne. »Wer ist da?«, rief sie alarmiert. »Rauskommen. Polizei!«

Und noch ehe Tim und Willi irgendetwas tun konnten, hatte sie sich umgedreht und brüllte aus Leibeskräften: »Hier sind Gaffer! Sofort Gelände sichern!«

So ein lautes Organ hatte Tim ihr gar nicht zugetraut. Schnell kamen er und Willi hinter den Gräsern hervor. Tim legte einen Finger an die Lippen. »Ist ja gut, nicht so laut«, meinte er leicht genervt.

Gaby ließ fast die Rolle mit dem Absperrband fallen, als sie ihn sah. »Du?«, fragte sie verblüfft.

Tim nickte und konnte sich ein Grinsen nicht verkneifen. »Arbeitest du für die Polizei?«, fragte er dann, weil es ihn brennend interessierte.

»Allerdings!«, erwiderte Gaby.

Der Kommissar kam angerannt. »Was ist denn hier los? Du solltest doch im Auto warten!«, fuhr er Gaby an. Dann musterte er Willi und Tim. »Sind das Freunde von dir?«

»Nee«, antwortete Gaby sofort.

Der Kommissar wandte sich an Tim. »Habt ihr den Absturz beobachtet?«

»Nur vom Internat aus«, antwortete Tim wahrheitsgemäß. »Als wir hier angekommen sind, war schon alles vorbei.«

»Das ist das Flugzeug meiner Eltern«, warf Willi jetzt mit einem Zittern in seiner Stimme ein. Doch selbst in dieser aufgewühlten Stimmung schaffte er es noch, seinen erhabenen Befehlston an den Tag zu legen. »Ich bin Willi Sauerlich«, sagte er und gab dem Kommissar die Hand. »Ich darf im Auftrag meiner Familie sprechen. Wie ist Ihr Ermittlungsstand hinsichtlich des Unfalls? Irgendwelche Lebenszeichen des Piloten?«

Überrascht sah der Kommissar ihn an. Gleichzeitig knarzte es in seinem Funkgerät und eine Stimme meldete sich: »Wir haben den Flugschreiber sichergestellt. Bitte kommen Sie, Kommissar Glockner.«

»Ja, ja, ich komme gleich!«, gab Glockner über Funk zurück. Dann wandte er sich an Willi und Tim. »So, passt mal auf, ihr Krümel! Ihr bleibt hinter der Absperrung, verstanden? Deine Eltern sind schon informiert«, sagte er zu Willi.

Gaby wich ihrem Vater nicht von der Seite, als er gehen wollte. »Ich bin echt mal gespannt, was der Flugschreiber ...«, begann sie, doch ihr Vater stoppte sie unwirsch. »Du bleibst hier und passt auf die beiden auf«, sagte er.

»Oh nee, Papa!« Gaby sah aus, als würde sie gleich mit dem Fuß aufstampfen. Das war ja wohl die langweiligste Aufgabe, die man sich bei so einem Einsatz nur vorstellen konnte.

»Dass die keinen Unsinn machen. Bitte!« Ihr Vater klang jetzt etwas versöhnlicher und hielt ihr kameradschaftlich die Faust hin.

»Okay.« Seufzend schlug Gaby mit ihrer Faust dagegen. Dann ging sie zu Tim und Willi zurück und wollte mit dem Absperren weitermachen, als ihr etwas einfiel.

»Was ist mit der Statue, die im Flugzeug transportiert wurde?«, erkundigte sie sich bei Willi nach der wertvollen Fracht. Schließlich musste er davon als Sohn des Flugzeugbesitzers wohl wissen.

»Woher weißt du etwas vom *Himmelswächter?*«, fragte Willi erstaunt zurück.

»Polizeifunk«, sagte Gaby ungerührt.

Worum ging es hier eigentlich? Tim verstand überhaupt nichts. »Was soll das denn sein, *Himmelswächter?*«, wollte er wissen.

»Hat mein Vater aus Asien mitgebracht«, erklärte Willi ihm. »Von da, wo er die Schokobohnen einkauft. Soll irre was wert sein ... Aber ...«, unterbrach er sich mit einem Mal verwirrt selbst, »... wieso war der im Flugzeug?«

Er kam nicht weiter, denn mit einem Mal rief Tim verblüfft aus: »Was macht der denn da? Will der Aliens jagen?«

Er zeigte geradeaus und Gaby drehte sich um. Hinter ihr ging der kleine Junge mit der Brille, mit dem Tim auf dem Schulhof zusammengestoßen war, über den Absturzort. Er hielt dabei ein seltsames Gerät in der Hand, als wäre das die normalste Sache der Welt. Auf einem Stab steckte eine Art Kamera mit einem Propeller und einer Halterung für sein Handy. Außerdem hatte sich der Junge einen Kasten mit vielen Knöpfen umgehängt und trug riesige Kopfhörer auf den Ohren.

»Vielleicht ein Metalldetektor?«, rätselte Gaby.

Der Junge bewegte sich mit dem Gerät auf die Ruine der Soiner Werke zu, eine alte, stillgelegte Zementfabrik, die unmittelbar an das abgesperrte Gelände angrenzte.

»Dann mal los«, meinte Tim. Er und Willi duckten sich und kletterten unter der Absperrung hindurch.

»Stopp!«, rief Gaby empört. »Ich muss auf euch aufpassen.«

»Kannst du ja unterwegs machen«, erwiderte Tim und grinste sie unverschämt an.

Da musste Gaby wider Willen lächeln. Nicht schlecht der Spruch, er gefiel ihr. Kurzentschlossen ging sie hinter Tim und Willi her.

Zu dritt verfolgten sie den schmächtigen Jungen auf das Gelände der verlassenen Fabrik. Schmutzige Schornsteine, heruntergekommene Hallen und Silos taten sich vor ihnen auf. Wie versunken folgte der Junge dem piependen Signal seines Gerätes, das ihn in eine riesige, alte Halle mit zerbrochenen Fensterscheiben führte. Noch immer bemerkte er Tim, Willi und Gaby nicht.

Vor einem großen Loch in einer Mauer blieb der Junge stehen. Dahinter lag ein dunkler Gang. Der Junge nahm seine Kopfhörer ab und starrte in den Gang hinein. Sein Detektor piepte mittlerweile wie verrückt.

Tim machte sich als Erster bemerkbar. »Hallo!«, sagte er ganz einfach.

Der Junge zuckte zusammen. Schweiß hatte sich auf seiner Stirn gesammelt. Um seinen Hals trug er ein Band, an dem ein Asthmaspray baumelte.

»Hallo?«, sprach nun auch Willi ihn an.

Der Junge atmete schwer. Er brachte keinen Ton hervor. Gaby überlegte krampfhaft. Sie kannte den Jungen doch. Wie hieß er noch mal? »Karl?«, fragte sie.

»Hey, Erde an Karl ...« Willi beugte sich nach vorn. »Kannst du sprechen?«

Karl tastete nach seinem Asthmaspray, hielt es an seinen

Mund und inhalierte einen tiefen Zug. Sein Metalldetektor piepte unaufhörlich weiter.

»Kommt das von da drinnen?«, fragte Tim gespannt.

Endlich konnte Karl reden. Umständlich drehte er sich mit seinem übergroßen Metalldetektor um. »Der Kern des *Himmelswächters* besteht aus 999er-Feingold«, haspelte er. »Dieses Gerät lokalisiert durch Balance-Induktion, also durch das Senden von Asynchronimpulsen, Gegenstände mit spezifischer Legierung. Goldanteil: 87,3 Prozent.«

Wow, mit so einem Vortrag hatten weder Tim noch Willi noch Gaby gerechnet. Überrascht sahen sie einander an. »Bisschen schnell von null auf hundert«, sagte Willi.

Gaby hatte bereits geschaltet. »Du meinst also, die Statue könnte da drin sein?«

»Ja!« Karl nickte und strahlte sie an.

In Tim breitete sich ein wohliges Unbehagen aus. Das hier roch nach einem Geheimnis. Genau das Richtige für ihn. »Tja, dann rein da!«, sagte er.

4. Kapitel

Aufmunternd legte Tim eine Hand auf Karls Schulter und schob ihn in den dunklen Gang hinein. Gaby und Willi kamen hinterher.

Karl und Gaby schalteten ihre Handytaschenlampen ein und nun folgten alle gespannt dem Piepen des Metalldetektors. Der Gang nahm einige Wendungen. Fast nichts war zu erkennen, so düster war es. Nur gelegentlich fiel durch kleine Löcher im Gemäuer ein wenig Licht herein. Obwohl Tim etwas unheimlich zumute war, ging er mutig voran. Das Piepen verstärkte sich, hier musste also etwas sein.

Sie kamen an einen umzäunten Schacht. Karls Metalldetektor drehte nun förmlich durch. Es ging einige Meter steil in die Tiefe. Tim entdeckte eine Strickleiter und angelte sie zu sich. Allerdings sahen die schmalen, klapprigen Tritte zwischen den dünnen Eisensträngen alles andere als vertrauenerweckend aus. Doch Tim wollte wissen, was sich in dem Schacht unter ihnen befand, und machte Anstalten, hinunterzuklettern.

Gaby hielt ihn zurück. »Lass das mal«, sagte sie und hörte sich sehr vernünftig an. »Ich rufe jetzt meinen Vater an.« Sie zückte ihr Handy und wählte die Nummer ihres Vaters.

Auf vernünftig hatte Tim gerade aber überhaupt keine Lust. Dafür war das alles hier viel zu spannend. Kurzerhand kletterte er über das Geländer und stieg die alte Leiter hinab in den Schacht.

»Kein Netz! Mist!«, fluchte Gaby. »Hey!«, rief sie erschrocken, als sie sah, dass Tim in dem Schacht verschwunden war.

Zusammen mit Willi und Karl schaute sie gebannt in die Finsternis hinab. »Tim?«, fragte Willi besorgt. Als keine Antwort kam, blickten sich die drei ängstlich und irritiert an.

»Ich glaub, hier ist was«, kam es nach einer gefühlten Ewigkeit von Tim. »Das sieht aus wie ein Fallschirm.« Er sah zu Willi hinauf. »Ich hab dir doch gesagt, dass Georg abgesprungen ist.«

Nun machten Gaby, Willi und Karl überraschte Gesichter. Aufgeregt griff Willi nach der Leiter und begab sich ebenfalls in die Tiefe. Gaby und Karl folgten ihm. Der Fallschirm hatte sich an der Seitenmauer verfangen. Vielleicht, weil jemand ihn achtlos hinuntergeworfen hatte, überlegte Tim.

Der Stoff glänzte im Schein der Handytaschenlampe. Glücklich zog Willi den Fallschirm an sich und vergrub sein Gesicht darin. »Das heißt, dass Georg überlebt hat!«, jubelte er dumpf in den Stoff hinein und vergoss sogar eine heimliche Träne.

»Ihr dürft nichts anfassen, keine neuen Fingerabdrücke machen oder so«, ermahnte Gaby die Jungen vergeblich.

»H ... Hier!«, stammelte Karl plötzlich.

Die anderen drei fuhren herum und gingen vorsichtig auf Karl zu. Sein Metalldetektor piepte immer noch wie verrückt. Jetzt entdeckten sie, dass im Schein von Karls Taschenlampe etwas glänzte. Gaby und Willi hielten ebenfalls ihre Taschenlampen auf den Gegenstand. Es war eine goldene Kiste mit feinen Verzierungen und Holzeinfassungen an den Rändern.

»Das ist die Schatulle, in der die Statue aufbewahrt wird!«, rief Willi aufgeregt. »Mach sie auf!«

Tim wollte nach der Kiste greifen, doch Gaby drängelte sich vor ihn. »Stopp. Lass mich mal«, sagte sie und drückte ihm ihre Taschenlampe in die Hand. Dann zog sie die Ärmel ihres Pullis wie Handschuhe über ihre Hände und nahm die Kiste. Sie stellte sie auf ein paar alte Boxen.

Doch als Gaby den Deckel öffnete, war die Schatulle leer. »Oh«, entfuhr es ihr und Tim wandte sich frustriert ab.

»Warum ist sie leer?«, fragte Willi enttäuscht.

»Ist ja wohl klar«, erwiderte Tim kopfschüttelnd.

Willi verstand immer noch nicht. »Was ist klar?«, wiederholte er begriffsstutzig.

Gaby erklärte es ihm: »Dieser Georg ist abgesprungen, hat den Fallschirm und diese Kiste hier versteckt und ist dann mit der Statue abgehauen ...«

Mit großen Augen sah Willi sie an. »Und wo ist er jetzt mit dem *Himmelswächter?*«

»Mann, Willi, du checkst echt gar nichts.« Tim rollte mit den Augen. »Der hat das Ding geklaut.«

Nun wurde Willi kreidebleich. »Spinnst du?«, schrie er und sah aus, als wolle er gleich auf Tim losgehen. »DU checkst gar nichts. Georg würde uns niemals beklauen.« Demonstrativ hielt er sein Handy in die Höhe. »Im Gegensatz zu dir!«

Das hatte gesessen. Tim ging zur Strickleiter. »Tja, ein Freund weniger von den vielen«, stellte er fest und kletterte ohne ein weiteres Wort hinauf.

Wenig später standen die vier vor Kommissar Glockner und seinem Assistenten Bienert, der die Schatulle stolz festhielt. Willi war immer noch sauer auf Tim und verschränkte die Arme vor der Brust, während Karl seinen Metalldetektor wegpackte und einfach nicht verstehen konnte, dass er zwar die Schatulle, aber nicht die *Himmelswächter*-Statue gefunden hatte.

Kommissar Glockner hatte den Kindern erst einmal ordentlich ins Gewissen geredet, was sie sich bei ihrer Aktion eigentlich gedacht hätten. Doch darauf hatte keiner der vier eine Antwort parat. Helfen vielleicht? Abenteuer? Spaß?

»Das war ja eigentlich Sache der Polizei«, beendete Glockner schließlich seine Standpauke und die Strenge in seinem Gesicht wich einem kleinen Lächeln. »Aber ... danke!« Er betrachtete die Schatulle eingehend. »Vielleicht ist das alles gar nicht so schlimm«, sagte er langsam.

»Wie meinen Sie das?«, erkundigte sich Willi.

»Das wird euch dein Vater selber sagen«, antwortete Kommissar Glockner. »Er will, dass ihr ihm die Schatulle nach Hause in die Eichenallee bringt.«

»Habt ihr sie denn schon auf Spuren untersucht?«, wandte Gaby jetzt ein.

Bienert lachte, als hätte er ein niedliches Kindergartenkind vor sich. »Das machen wir bei der Polizei durchaus, kleines Fräulein«, sagte er gönnerhaft und erntete dafür einen strafenden Blick seines Vorgesetzten. Sofort wurde er ernst. »Das forensische Team hat sie bereits freigegeben«, sagte er leicht eingeschnappt.

»Los jetzt, wieder an die Arbeit«, sagte Kommissar Glockner und nahm Bienert die Kiste ab.

Willi dagegen hatte ein ganz anderes Problem. Aufgebracht zeigte er auf Tim. »Der Turnschuh kommt mir nicht in die Eichenallee!«

Tim verdrehte entnervt die Augen. »Da will ich auch nicht hin«, motzte er zurück. In seinen Augen hatte Willi einfach nur einen Knall.

»Aber ich bleibe hier!«, sagte Gaby entschlossen.

»Ruhe!«, entgegnete Glockner. »Du fährst mit, und die Familie Sauerlich bringt euch dann in die Schule.«

»Papa, das ist doch doof!« Wütend und enttäuscht funkelte Gaby ihn an. Das war nun schon das zweite Mal, dass er sie einfach außen vor ließ.

Er bemerkte ihren Blick und zog sie vertrauensvoll an sich. »Ich würde ja Bienert schicken«, flüsterte er, doch er war laut genug, dass Bienert es hören konnte. »Aber der verfährt sich sogar in der Waschanlage.« Er lächelte Gaby an, damit sie verstand, dass sie ihm eine große Hilfe war, wenn sie nun mit zu den Sauerlichs fuhr.

Gaby sah zu Bienert, der ebenfalls lächelte, allerdings etwas dümmlich. Da gab sie sich geschlagen. »O. k., ich übernehme«, sagte sie und nahm die Schatulle.

»Danke, Partner«, antwortete ihr Vater erleichtert.

Bienert lächelte noch immer, doch plötzlich schien er zu verstehen. Oder auch nicht. »Waschanlage?«, fragte er pikiert.

Kommissar Glockner nickte. »Ja, Sie müssen dringend mal in die Waschanlage«, sagte er mit ernstem Gesicht.

Kopfschüttelnd kletterte Gaby zu Willi in den Polizeiwagen, danach kam Tim. Ein Polizist startete den Wagen und fuhr los.

Niemand achtete mehr auf Karl, der vor lauter Metalldetektor nichts mitbekommen hatte und nun wild gestikulierend hinter dem Auto herrannte. »Hey, wartet auf mich! Nehmt mich mit!«, rief er. Doch es half nichts, das Auto brauste davon und er blieb zurück. »Mist!«, flüsterte er.

Mit hängendem Kopf ging er allein zurück ins Internat. Immer war er der Kleinste. Immer wurde er übersehen ...

Die Sauerlichs wohnten in einer imposanten weißen Villa mit einem Garten, der mehr einer Parkanlage glich und von dem Gärtner Hugo gepflegt wurde. Tim und Gaby bestaunten einen kleinen, weißen Brunnen auf dem Weg zur Villa. Hinter ihnen gingen Willi und ein Polizist, der die drei begleitete.

Eine Hausangestellte kam auf sie zu. »Herzlich willkommen«, begrüßte sie die Gäste lächelnd. »Herr Sauerlich wartet bereits auf Sie.«

Als sie die Villa betraten, standen sie erst einmal in einer großen Empfangshalle. Eine Frau kam lächelnd an ihnen vorbei, grüßte Willi, nahm ihren Mantel und ging zur Tür hinaus.

Mit großen Augen blickte sich Tim in der Vorhalle um. Überall hingen riesige Bilder an den Wänden. In Vitrinen standen seltsame Figuren und Vasen, als wären sie in einem Museum. Wahrscheinlich waren die Sachen auch ähnlich teuer. »Die sehen aber wertvoll aus!«, bemerkte Tim.

»Allerdings!« Willi klopfte gegen die Scheibe einer Vitrine und erwiderte etwas überheblich: »Das kannst du vergessen, ist Panzerglas!«

Gaby sah interessiert zu einer leeren Vitrine, die sogar mit einer Alarmanlage doppelt gesichert war. »Da drüben stand dann wahrscheinlich der *Himmelswächter?*«, bemerkte sie fragend und ging auf die Vitrine zu. Kopfschüttelnd richtete sie sich nun direkt an Willi. »Sag mal, gehört die Figur nicht nach Asien? Ich meine, was wollt ihr denn hier damit?«

»Besser als Aktien heutzutage«, hörten sie da eine dröhnende Stimme hinter sich.

Sie drehten sich um und sahen einen rundlichen Mann Ende vierzig auf sich zukommen. Unverkennbar Willis Vater, er hatte das gleiche runde Gesicht, stellte Tim fest.

»Meinen Glückwunsch!« Herr Sauerlich lächelte sie freundlich an. »Da müssen erst ein paar Kinder kommen und der Polizei zeigen, wo es langgeht.«

Nicht ohne Stolz überreichte ihm Gaby die leere Kiste. »Hier ist Ihre Schatulle. Und Sie müssten dann bitte noch hier unterschreiben.« Sie zeigte mit dem Kopf auf ein Klemmbrett, das der Polizist ihr auf die Kiste gelegt hatte. Den Zettel, der dort lag, sollte Willis Vater unterschreiben.

Herr Sauerlich zeichnete den Erhalt der Schatulle ab. »Was ist mit dem Flugzeug?«, fragte er und steckte seinen Kugelschreiber wieder ein.

»Totalschaden«, antwortete Willi geknickt.

»Kommt alles auf Georgs Rechnung«, meinte Herr Sauerlich, während er die Kiste an sich nahm.

»Papa!«, rief Willi verzweifelt. »Er war das nicht!«

»Papperlapapp, und ob!« Sein Vater ließ sich nicht beirren. »Ich habe ihm eine astreine Falle gestellt«, sagte er und grinste zufrieden. »Das war nämlich gar nicht der echte *Himmelswächter*, das war eine Nachbildung!«

»Was?«, riefen Gaby, Willi und Tim nahezu gleichzeitig aus.

Herr Sauerlich konnte den Triumph in seiner Stimme nicht verbergen. »Tja, ich habe den Jungen schon länger im Verdacht gehabt«, sagte er. »Hier ging immer mal wieder der Alarm los. Da habe ich ihn mit einer Attrappe nach Genf geschickt, um zu sehen, was passiert. Und? PENG! Brennt er durch!«

Gaby, Tim und Willi starrten ihn an.

»Das ist doch Quatsch!«, antwortete Willi und seine Unterlippe bebte trotzig. »Wo ist Mama?« Ohne die Antwort abzuwarten, marschierte er auf die große Treppe im Hausflur zu.

»Mama? Die ist noch bei ihrer Energie-Session!«, rief sein Vater ihm hinterher. »Geh da besser nicht hoch, du weißt doch ...«

In diesem Moment kam ein dürrer Mann die Treppe herunter. Im Licht der Morgensonne, die durch die bunten, hohen Fenster hereinfiel, sah er aus wie eine Erscheinung, die geradezu die Stufen herabschwebte. Er trug ein bläulich schimmerndes Gewand, das mit einem Geschmeide aus unzähligen bunten Steinen zusammengehalten wurde. Eine dunkle Sonnenbrille verdeckte seine Augen, und seine zaghaften Bewegungen verrieten, dass er blind war. Sein kahler Kopf und die eingefallenen Wangen ließen ihn etwas tattrig wirken. Doch als das Männchen zu reden begann, ertönte eine feste, klare Stimme. »Wer stört unsere Kreise?«

Erschrocken sahen sich Gaby und Tim an. Willi verdrehte nur die Augen. Offensichtlich kannte er das schon zur Genüge. »Hi, Raimondo«, sagte er. »Wo ist Mama?«

»Gib ihr die Zeit, die sie braucht«, antwortete Raimondo ruhig.

Da tauchte hinter ihm in einem flatternden Gewand eine Frau Anfang vierzig auf. Sie hatte wilde Locken und schritt langsam die Treppe herab. Kurz vor Willi breitete sie seufzend die Arme aus. »Mein Held!«, sagte sie und sie fielen sich in die Arme.

Die Frau küsste Willi mehrmals auf die Wangen und er konnte sich nur schwer aus ihrer Umklammerung befreien. »Mama!«, sagte er etwas peinlich berührt.

»Ist euch auch nichts passiert? Ich habe mir ja solche Sorgen gemacht.« Seine Mutter blickte ihm prüfend ins Gesicht. »Geht's dir gut?«

»Ja.« Willi nickte. »Georg ist verschwunden.«

»Verschwunden?«, tönte sein Vater höhnisch aus dem Hintergrund. »Durchgebrannt ist er!«

Frau Sauerlich atmete tief durch und schlackerte ein wenig mit den Armen. »Hier ist gerade eine ganz schreckliche Energie«, stellte sie mit zusammengezogenen Augenbrauen fest. Dann wedelte sie plötzlich enthusiastisch mit den Armen. »Los, lasst uns zusammen diese furchtbare Energie loswerden«, forderte sie auf.

»Sternchen, nicht!«, rief ihr Mann noch, doch es war schon zu spät.

Willis Mutter atmete tief ein, riss die Arme in die Höhe, um sie mit einem lauten »Wahhhooohohhhooo!« beim Ausatmen wieder nach unten zu schmeißen und ihren Körper auszuschütteln. Gaby und Tim lächelten irritiert und hoben zögerlich ein wenig ihre Hände und taten es ihr gleich. Irgendwie war das doch peinlich, oder? Willi jedenfalls sah aus, als würde er jeden Moment vor Scham im Boden versinken.

Strahlend kam Frau Sauerlich nun auf Tim und Gaby zu und schloss sie herzlich in ihre Arme. Nachdem sie ihre Nase in Gabys und Tims Haare gegraben hatte, ließ sie die beiden endlich wieder los und trat einen Schritt zurück. »Ach, es ist so schön, Wilhelms Freunde kennenzulernen«, sagte sie und legte gerührt die Hände an ihre Wangen.

Als sie wieder zu Willi ging, raunte Tim Gaby ins Ohr: »Die Freunde würde ich auch gern mal kennenlernen.«

Gaby musste unweigerlich grinsen. Tims Sprüche waren zwar dreist, aber auch einfach zu witzig, um nicht darüber zu lachen.

Plötzlich tauchte eine weitere Person hinter Raimondo auf dem Treppenabsatz auf. Eine zierliche, sehr hübsche Frau mit blonden kinnlangen Haaren und asiatischen Gesichtszügen stellte sich neben ihn. Sie führte einen schwarz-weißen Cockerspaniel mit sich und wollte Raimondo die Leine überreichen. Offenbar war es sein Blindenhund. Doch plötzlich riss sich der Cockerspaniel los, rannte die Treppe hinab und sprang an Gaby hoch.

»Ihhh!« Gaby streckte etwas angeekelt ihre Hände in die Höhe, denn Hunde konnte sie gar nicht leiden.

»Oskar! Aus!«, rief Raimondo und zum Glück ließ Oskar auch gleich von Gaby ab.

Voller Ehrerbietung sagte Frau Sauerlich zu Raimondo: »Mein Meister. Sie können sich jetzt zurückziehen. Ich glaube, ich habe für heute genug Energie getankt.«

»Omitofo!«, erwiderte Raimondo.

»Gesundheit«, wünschte Willi ihm, als hätte er *Hatschi* gesagt.

Majestätisch verbeugten sich Raimondo und seine Assistentin, nahmen Oskar und traten ab.

Entgeistert blickten Tim und Gaby ihnen hinterher. Gaby löste sich als Erste aus der Starre. Hilfe suchend wandte sie sich an Willi. »Wollte uns dein Vater nicht in die Schule bringen?«, erinnerte sie ihn schnell und Tim nickte eine Spur zu heftig.

5. Kapitel

Wie besprochen fuhr Herr Sauerlich Willi, Tim und Gaby zurück ins Internat. Zumindest hatte er es vor. Es gestaltete sich nämlich schwieriger als gedacht.

»Hach, ich saß ja schon ewig nicht mehr selbst am Steuer«, sagte er, als sie in die schicke, schwarze Limousine eingestiegen waren. Dabei breitete sich ein seliges Lächeln auf seinem Gesicht aus wie bei einem Jungen, dem man ein großes Geschenk gemacht hatte. Dann suchte er nervös nach dem Schlüssel. »Äh, wo ist denn ...?«

Willi beugte sich nach vorn und klappte den Sonnenschutz herunter. Der Zündschlüssel fiel Herrn Sauerlich direkt in die Hände. »Du kennst dich ja gut aus!«, sagte er anerkennend.

»Hat mir Georg gezeigt«, antwortete Willi voller Genugtuung. Sein Vater ging jedoch nicht darauf ein. »Wo ist denn die Handbremse?«, fragte er.

»Vorne links!« sagte Willi leicht genervt. »Du musst dran ziehen.«

Endlich hatte sein Vater die Handbremse gefunden und konnte das Auto starten. Er lachte aufgeregt. »Herrlich!«, meinte er und brauste los.

Vergnügt pfeifend fuhr Herr Sauerlich die Landstraße entlang. Ab und zu schaute er lächelnd nach hinten oder in den Rückspiegel.

Die Kinder sagten kein Wort und sahen müde aus dem Fenster. Willi starrte schlecht gelaunt vor sich hin.

Plötzlich fuhr Herr Sauerlich langsamer. Ein schmutziger, weißer Lieferwagen kam rückwärts auf die Straße gefahren. »Was macht der denn da?«, stöhnte Herr Sauerlich und bremste. Der Wagen blieb einfach mitten auf der Straße vor ihm stehen.

»Der hat seinen Führerschein wohl im Lotto gewonnen«, schimpfte Herr Sauerlich. Ungeduldig hupte er ein paarmal. »Hallo?« Doch es kam keinerlei Reaktion. »Heute noch?« Herr Sauerlich hupte erneut. Als wieder nichts geschah, stellte er den Wagen ab. »Moment«, sagte er zu den Kindern und stieg aus. Wütend ging er auf den Lieferwagen zu. »Hallo?«, rief er noch einmal.

In diesem Moment sprangen drei vermummte Gestalten aus dem Wagen. »Hey!« Herr Sauerlich versuchte sich zu wehren, doch es ging zu schnell. Zwei der Gestalten packten seine Arme, während die dritte Gestalt ihm ein Taschentuch vor das Gesicht presste.

»Papa!«, schrie Willi entsetzt, während Tim und Gaby stocksteif und mit weit aufgerissenen Augen auf der Rückbank saßen.

Herr Sauerlich hatte keine Chance. Er sackte bewusstlos in sich zusammen. Nun hatten die Täter leichtes Spiel und konnten ihn in den Laderaum ihres Wagens schleifen.

Für Tim gab es kein Halten mehr. Schnell sprang er aus dem Auto und rannte auf die Gruppe zu. Doch der kleinste Angreifer stellte sich ihm in den Weg und begann wilde Bewegungen zu machen.

»Hu-ha-ho!«, schrie die Gestalt. Ihre Arme sausten durch

die Luft und sie trat mit einem Bein nach oben. Plötzlich hielt sie still. Eine Sekunde lang standen die beiden sich wie Kampfsportler gegenüber, dann rasten Tim und die vermummte Gestalt aufeinander zu. Tim wollte angreifen, aber im letzten Moment sprang die Gestalt in die Höhe, stützte sich auf Tims Schulter ab und vollführte einen Salto über ihn hinweg. Tim riss erstaunt die Augen auf, dann drehte er sich blitzschnell um.

Sein Gegner tänzelte vor seiner Nase. Elegant schnitten seine Handkanten durch die Luft, doch Tim ließ sich nicht beeindrucken. Er versuchte, die Gestalt zu packen. Wieder tauchte der Gegner geschickt ab. Dabei warf er Tim über seinen Rücken, sodass dieser durch die Luft gewirbelt wurde und unsanft auf dem Bauch landete.

Für einen kurzen Moment blieb Tim benommen liegen. Als er den Kopf hob, konnte er nur noch mit ansehen, wie sein Gegner in den Lieferwagen hineinsprang. Einer der anderen trat die Hecktür zu und hinterließ dabei seinen Schuhabdruck auf dem weißen Lack. Dann wurde auch schon der Motor angelassen.

Inzwischen waren Gaby und Willi aus dem Auto herausgesprungen und zu Tim gerannt. Gaby zückte ihr Handy, zoomte auf das Kennzeichen des Wagens und machte ein Foto.

Willi kniete sich neben Tim und war wie gelähmt. Der Schock war ihm tief in die Glieder gefahren. »Papa! Papa!«, rief er noch ein paarmal verzweifelt. Doch der Lieferwagen raste mitsamt seinem Vater davon.

Ächzend richtete sich Tim auf. »Und jetzt?«, fragte er.

»Jetzt rufe ich meinen Vater an, was sonst«, antwortete Gaby zittrig und hatte auch schon die Nummer gewählt.

Nur wenige Minuten später war die Polizei am Tatort. Wie üblich zäunten sie alles mit Absperrband ein und ein paar Männer der Spurensicherung untersuchten alles haargenau. Ihre weißen Kittel flatterten mit dem Absperrband im Wind um die Wette. Kommissar Glockner kniete auf der Straße, beugte sich nach unten und schien sein Gesicht auf den Asphalt zu legen. Es sah ziemlich schräg aus.

»Und was ist das jetzt für eine Übung?«, fragte Tim skeptisch. Er lehnte am Wagen des Kommissars, während Gaby auf der Motorhaube saß.

»Mein Vater war der jüngste Oberkommissar, den es je gab, der weiß schon, was er tut!«, verteidigte sie ihren Vater, obwohl sie zugeben musste, dass es sehr sonderbar aussah, was er da machte. Schnüffelte er etwa am Straßenbelag?

Jetzt erhob sich Glockner und winkte seinen Assistenten Bienert zu sich. »Dieselfahrzeug mit Kennzeichen zur Fahndung rausgeben«, sagte er und Bienert notierte fleißig, was der Kommissar ihm diktierte.

Dann ging Glockner zur Spurensicherung. Doch plötzlich schien ihm einzufallen, dass die Kinder ja auch noch da waren, und er drehte sich abrupt um. »Könnt ihr den Kampf bitte noch mal genau beschreiben?«, fragte er und kam auf Tim und Gaby zu.

»Wie gesagt, der kleinste der Entführer hatte es echt drauf«, antwortete Tim. »Eigentlich war ich stärker als er. Aber es war, als hätte ich nicht zu wenig Kraft, sondern zu viel.«

»Das scheint ja eh generell dein Problem zu sein«, bemerkte Gaby leicht bissig und Tim zog erstaunt eine Augenbraue hoch. »Neben einigen anderen«, setzte sie noch obendrauf.

»... generelles Problem ...«, murmelte Bienert, während er eifrig mitschrieb.

»Bienert!«, wies Glockner ihn kopfschüttelnd zurecht und sein Assistent klappte schnell seinen Notizblock zu. Was hatte er denn jetzt schon wieder falsch gemacht?

»Kampfkunst ...«, murmelte Glockner vor sich hin, während er immer wieder gedankenverloren mit der Hand durch sein Haar fuhr. »Aufschreiben! Kampfkunst«, kommandierte er plötzlich laut und Bienert zuckte zusammen.

»Aufschreiben ...«, notierte er eifrig auf seinem Notizblock. »Kampfkunst.« Gaby und Tim blickten sich skeptisch an. Dieser Assistent schien wirklich nicht der Allerhellste zu sein.

Willi kam an diesem Abend nicht mehr ins Internat. Die Geschehnisse des Tages hatten ihn so sehr mitgenommen, dass er unmöglich von zu Hause wegkonnte.

Nachdem er versucht hatte, seine völlig aufgelöste Mutter zu beruhigen, und sogar Atemübungen mit ihr gemacht hatte, legte er sich erschöpft in sein Bett. Doch er bekam kein Auge zu. Zwischen die Bilder des Überfalls mischte sich immer wieder Georgs Gesicht. War er wirklich ein Verbrecher? Das konnte doch nicht wahr sein. In Willis Kopf rasten die Gedanken. Er vermisste Georg ganz schrecklich. Am liebsten hätte er mit ihm gesprochen, ihm all die Fragen gestellt, die ihm auf der Seele lagen.

Seufzend stand Willi auf, nahm eine Tafel Schokolade von seinem Schreibtisch und trottete hinunter ins Freie. In der Auffahrt vor der Villa stand die Limousine. Georgs Dienstmütze steckte noch in der Fahrertür. Wehmütig nahm Willi sie und ließ sich auf dem Fahrersitz nieder. Dann setzte er die Mütze auf, biss ein großes Stück Schokolade ab und starrte traurig in die Dunkelheit.

Währenddessen war Tim allein im *Adlernest* und blickte auf Willis leeres Bett. Auf dem Fußboden fand er noch eine zerknüllte Verpackung von *Sauerlichs Bester.* Er glättete das Papier und betrachtete das zerknitterte Bild von Willi. Was er jetzt wohl tat? Tim wollte nicht in seiner Haut stecken. Er wusste genau, wie es war, den eigenen Vater zu verlieren, und dieses Gefühl wünschte er niemandem. In Gedanken ging er noch einmal im Einzelnen den Ablauf des Überfalls durch. Er imitierte die Bewegungen des kleinen Gegners. Wie war es nur möglich, dass er ihn mit seiner eigenen Kraft besiegt hatte?

6. Kapitel

»Ihr habt ja sicherlich von dem Flugzeugabsturz und der vermissten Statue in den Nachrichten gehört«, sagte Pauling am nächsten Morgen im Unterricht. Er hatte einen Beamer angeschlossen und zog die Leinwand vor der Tafel herunter. »Und weil mich ein besonders interessierter Schüler danach gefragt hat«, er zwinkerte kurz in die Runde und setzte sich auf sein Pult, »machen wir heute einen kleinen kunsthistorischen Exkurs über den *Himmelswächter* der Shaolong.«

Mit der Fernbedienung schaltete er den Beamer ein und kurz darauf erschien ein alter Stummfilm auf der Leinwand. Es war eine Dokumentation aus dem Fernen Osten. Eine nebelverhangene Bergkette war zu sehen. Unten am Berg schimmerten in der Sonne rötlich gelb die Mauern eines Gebäudes. »Das Kloster der Shaolong am Fuß des Berges Songshan im Herzen Chinas«, erklärte Pauling der Klasse. Tim spitzte die Ohren und hörte interessiert zu. Willis Platz neben ihm war noch immer leer.

Pauling blickte auf die Leinwand, wo nun eine heilige Figur eingeblendet wurde. »Das ist Vaishravana, der *Himmelswächter*«, fuhr er fort, »das Heiligtum der Shaolong. In China wird er auch ›*der alles Hörende*‹ genannt. In der Tempelhalle wachte er über die Meditierenden und wurde als Beschützer der buddhistischen Lehre und als Hüter der Welt verehrt, bis er 1928 verschwand.« Pauling machte eine kurze Pause. »In den 60er-Jahren tauchte er dann auf einer Auktion wieder auf und wurde für die damalige Rekordsumme von zwölf Millionen Dollar versteigert.«

Auf der Leinwand sah man nun Mönche in Kutten, die mit ihren Fäusten durch die Luft wirbelten. Überrascht stellte Tim fest, dass sie den Bewegungen der Gestalt bei der Entführung sehr ähnlich sahen. Er meldete sich.

»Ja, Tim, bitte!«, rief Pauling.

»Was machen diese Mönche da genau?«, fragte Tim.

»Soweit ich weiß, haben sie, um länger meditieren zu können, bestimmte Atemtechniken und Bewegungsabläufe einstudiert«, referierte Pauling. »Daraus wiederum hat sich eine besonders defensive Art zu kämpfen entwickelt. Dieser spezielle Kampfstil der Shaolong gilt übrigens als Wiege vieler Kampfsportarten wie Judo, Karate oder Kung-Fu.«

Fasziniert betrachtete Tim die Mönche, die in verschiedenen Choreografien kämpften. »Wissen Sie, wie diese Technik genau funktioniert?«, erkundigte er sich.

Sein Klassenkamerad Ben, mit dem er sich die Rauferei geliefert hatte, rief höhnend dazwischen: »Na klar! Das interessiert dich jetzt wieder! Immer voll draufhauen!«

Die gesamte Klasse lachte über diesen Spruch und Pauling stöhnte. »Hey, hey!«, beschwichtigte er seine Schüler, während Tim in die Luft guckte und so tat, als ließe ihn das alles kalt. In Wirklichkeit war er innerlich sehr angespannt.

Nach der Stunde blieb er vor dem Lehrerpult stehen. Pauling schrieb gerade etwas ins Klassenbuch. »Darf ich?«, fragte Tim und deutete auf ein Buch über das Shaolong-Kloster, das auf dem Tisch lag.

Pauling nickte. »Ja, klar.«

Tim nahm das Buch und blätterte darin, während Pauling das Klassenbuch zuklappte und aufstand. Er packte seine Sachen zusammen und sah Tim an. »Ich find's ja echt toll, wie ihr der Polizei geholfen habt ...« Er machte eine kleine Pause. »Aber dass ihr hier nachts abhaut, das geht nicht, o. k.?«

Tim nickte.

»Das müsste ich eigentlich der Direktorin melden«, fügte Pauling hinzu.

Das wollte Tim natürlich auf keinen Fall.

»Na ja!« Pauling grinste ihn freundlich an. »Lass ich noch mal durchgehen.«

»Danke«, sagte Tim erleichtert.

»Du kannst dir das Buch gern mal ausleihen«, meinte Pauling nun.

Tim bedankte sich und steckte das Buch ein. Pauling war wirklich ein supercooler Lehrer, so viel stand fest!

Als Tim nach dem Unterricht auf sein Zimmer kam, war Willi endlich wieder da. Wie immer trug er ein Hemd und hatte eine Krawatte umgebunden. Doch er schien nicht lange zu bleiben, denn er holte Klamotten und seinen Waschbeutel aus dem Schrank. Auf dem Bett lag sein geöffneter Koffer.

»Ziehst du aus?«, erkundigte sich Tim etwas betroffen.

»Ich muss zu meiner Mutter«, erklärte Willi. »Die ist komplett fertig. Heute kam ein Erpresseranruf. Sie haben bemerkt, dass die Statue gefälscht war. Deshalb haben sie auch meinen Vater entführt.«

»Dann hängt der Absturz also wirklich mit der Entführung zusammen?«, erwiderte Tim.

Willi nickte. »Und jetzt wollen sie meinen Vater gegen die Statue eintauschen.«

»Krass!« Tim setzte seinen Rucksack ab und sah auf das Shaolong-Buch in seiner Hand. Er brannte darauf, es zu lesen.

Willi packte inzwischen seine Sachen in den Koffer. Plötzlich hielt er inne und drehte sich zu Tim um. »Ich wollte das mit dem Handy noch mal mit dir besprechen.«

Entnervt verdrehte Tim die Augen und stöhnte. »Ich hab dir doch gesagt, dass es nur ...«

» ... geliehen war, ich weiß«, fiel ihm Willi ins Wort und kam auf Tim zu. »Und genau das würde ich gern in Zukunft verhindern.«

»Aha, und wie?«, erkundigte sich Tim, weil ihm nichts Besseres einfiel.

Willi kramte kurz in seiner Hosentasche und zog ein nagelneues Handy hervor. Lächelnd hielt er es Tim unter die Nase. »Nimm schon, ich schenke es dir.«

Die Überraschung stand Tim ins Gesicht geschrieben. War Willi über Nacht etwa nett geworden? »Das kann ich nicht annehmen ...«, sagte er langsam. Als Willi es ihm jedoch einfach in die Hand drückte, fügte er etwas überwältigt hinzu: »Danke!«

»Danke, dass du versucht hast, meinem Vater zu helfen«, antwortete Willi. »Mit deinen Turnschuhen«, ergänzte er grinsend.

Die beiden Jungen lächelten sich an.

»Hey, die Polizei wird ihn da bestimmt rausholen«, meinte Tim. »Dieser Glockner ist ein ziemlich guter Kommissar, glaube ich.«

Doch Willi schüttelte trotzig den Kopf und ließ sich auf sein Bett plumpsen. »Die sind mit Georg auf dem kompletten Holzweg. Der war das nicht. Niemals!«

»Der eine Entführer hatte schon eine ähnliche Figur«, wandte Tim ein und setzte sich auf sein Bett, sodass er genau gegenüber von Willi saß.

Jetzt blickte Willi ihm ernst ins Gesicht. »Georg ist mein Freund.« Nach einer längeren Pause fügte er stockend hinzu. »Und du hattest recht. Er ist der Einzige, der mich Klößchen nennt!«

Einen Moment lang sah Tim ihn an und überlegte, was er darauf am besten antworten sollte. »Na ja, vielleicht weiß Gaby etwas Neues«, fiel ihm dann ein.

»Ja, aber das würde sie uns doch nicht sagen«, gab Willi zu bedenken.

Lächelnd erwiderte Tim: »Dann müssen wir sie zum Reden bringen.«

Mit ernstem Gesicht nickte Willi. »Du meinst Folter?«, erkundigte er sich, als sei dies das Naheliegendste der Welt. »Streckbank, Daumenschraube, Zähne rausziehen und so?«

Irritiert schüttelte Tim den Kopf. »Oder einfach nett fragen«, antwortete er.

Von einem Mitschüler erfuhren sie, dass Gaby bei der Big-Band-Probe war, die in der Turnhalle stattfand. Als Tim dorthin kam, sah er durch ein schmales Fenster in der Tür, dass die Probe noch im Gange war. Tim öffnete die Tür einen Spalt und schaute neugierig hinein. Vorn in der ersten Reihe saß Gaby und blies hochkonzentriert in ihr Saxofon. Sie trug heute ein blaues Kleid mit weißen Blümchen. Tim wusste selbst nicht, wieso ihm das auffiel. Mit einem Mal schweifte Gabys Blick zur Tür ab, landete aber kurz darauf wieder auf den Noten. Tim hielt den Atem an. Hatte sie ihn bemerkt? Lautlos schloss er die Tür. Es war besser, wenn sie ihn erst später sah.

Direkt neben der Turnhalle befand sich die Bibliothek. Dort wartete Tim im Vorraum. Zwischen den niedrigen Regalen konnte er alles gut überblicken. Willi war auch da, er wollte unbedingt alles mitkriegen. Deshalb stand er möglichst unauffällig auf der anderen Seite der Regale und hatte seine Nase tief in ein Biologiebuch vergraben. Ab und zu linste er über den Seitenrand hinaus.

Die Probe war nun zu Ende und die ersten Schüler verließen die Turnhalle. Nervös zupfte Tim sein T-Shirt und seine Jacke zurecht. Als er Gaby sah, ging er auf sie zu. »Hey«, sagte er lächelnd.

»Hi«, antwortete Gaby und lächelte sogar zurück.

Das machte Tim etwas sicherer. »Ähm, kann ich mal kurz mit dir reden?«, fragte er.

Gaby wechselte einen Blick mit ihrer Freundin Steffi. »O. k.«, sagte sie achselzuckend.

Steffi grinste vielsagend. »Pass auf dich auf ...«, meinte sie und ging davon.

»Und?«, erkundigte sich Gaby nun kurz angebunden.

Tim überlegte. Wie konnte er das Gespräch am besten in die richtige Richtung lenken, ohne gleich mit der Tür ins Haus zu fallen? »War schon echt krass gestern«, begann er zögerlich.

»Auf jeden Fall«, erwiderte Gaby. Die beiden gingen den Flur entlang nach draußen zu den Fahrradständern. Willi folgte ihnen in sicherem Abstand.

»Wie geht's deiner Schulter?«, fragte Gaby.

Tim war überrascht von ihrer netten Nachfrage, trotzdem winkte er heldenhaft ab. »Ach, geht schon.« Er ging langsamer. Jetzt war der richtige Zeitpunkt. Wer wusste schon, wie lange Gaby ihm so freundlich gesinnt war? »Ähm, hat dein Vater schon was rausgefunden?«, fragte er betont beiläufig.

Gaby ging seufzend zu ihrem Rad. »Ich kann keine Ermittlungsergebnisse an Außenstehende weitergeben«, sagte sie.

Mist, sie war doch eine härtere Nuss, als Tim gedacht hatte. »Aber ich bin kein Außenstehender«, erwiderte er. »Und außerdem kann ich ein Geheimnis für mich behalten«, sagte Tim und setzte sein charmantestes Lächeln auf. Es schien zu wirken.

Doch gerade, als Gaby sich erweichen lassen und antworten wollte, entdeckte sie Willi hinter der Glasscheibe der Bibliothekstür. »Willi?«, rief sie erstaunt.

»Willi?«, wiederholte Tim und tat überrascht. »Wie kommst du jetzt auf Willi?« Er versuchte, so gut es ging, die Tür hinter sich zu verdecken. Doch Willi war trotzdem nicht zu übersehen.

»Komm raus da!«, verlangte Gaby.

Verlegen grinsend kam Willi heraus und winkte Gaby zu. »Hi!«

Gaby setzte eine wichtige Miene auf. »Gut, dass du da bist«, sagte sie. »Ich habe da nämlich noch ein paar Fragen an dich.« Sie stützte sich auf ihren Fahrradlenker und sah Willi eindringlich in die Augen. »Wie lange ist Georg denn schon bei euch? Gibt es irgendeinen Ort, an dem ihr besonders viel Zeit miteinander verbracht habt?«

Etwas überfordert zuckte Willi mit den Achseln. »Er hat so eine Hütte am Weiger See. Da gehen wir manchmal angeln. Wieso?«, fragte er.

»Wann wart ihr denn das letzte Mal in dieser Hütte am Weiger See?«, hakte Gaby nach.

Da kapierte Willi plötzlich. »Stopp!«, rief er. »Georg war das nicht! Ich habe das im Gefühl.«

»Mann, verstehst du es nicht?«, warf Tim jetzt ein. »Georg ist sein Freund!«

Mitleidig lächelte Gaby sie an. »Ermittlungsarbeiten funktionieren nicht über *Gefühle*«, belehrte sie, »sondern über den Kopf. Da muss man Fakten sammeln und auswerten!« Sie schob ihr Fahrrad aus dem Ständer.

Tim verschränkte die Arme vor der Brust. »Gib mal nicht so an, nur weil dein Vater Polizist ist«, brummte er missmutig.

Gaby schnappte nach Luft. »Durch mein Foto vom Nummernschild wurde immerhin der Wagen der Entführer gefunden«, entgegnete sie selbstsicher. »Und da gibt es jetzt einen klaren Hinweis.«

»Und welchen?«, fragte Willi.

Doch Gaby schwang sich nur grinsend auf ihr Fahrrad. »Vergesst es, ihr Profis!«, rief sie und ließ die beiden stehen.

Willi sah Tim seufzend an. Doch der hatte schon eine Idee. Er gab Willi ein Zeichen und lief hinüber zum Hauptgebäude.

»Das war wohl nichts!« Willi ließ mutlos die Schultern hängen, als sie durch das Treppenhaus nach oben gingen.

»Wieso?«, entgegnete Tim und stieg voller Elan die Stufen hinauf. »Wir haben doch die entscheidende Info. Wir brauchen nur noch einen Spezialisten.«

»Hä?« Willi hatte keine Ahnung, wovon er sprach. Trotzdem folgte er Tim.

Vor der Tür zum Dachboden blieb Tim stehen und legte die Hand auf die Türklinke. Fragend sah Willi ihn an. Doch Tim legte den Zeigefinger an die Lippen und öffnete leise die Tür. Dunkelheit und Staub schlugen ihnen entgegen. Durch kleine Dachluken fiel etwas Licht herein, und sie konnten Regale erkennen, in denen sich im Laufe der Jahrzehnte etliche Unterrichtsmaterialien angehäuft hatten: ausgestopfte Tiere, die übergroße Nachbildung eines Zahnes, eine größere Anzahl an Globen.

Im Halbdunkeln liefen Tim und Willi über knarzende Holzbalken und tasteten sich voran. Plötzlich flammte ein rotes Licht auf und blinkte hektisch. Erschrocken zuckten Tim und Willi zusammen und blickten sich verwirrt um. Sie erkannten, dass am Eingang des Dachbodens ein roter Laserstrahl wie ein gespanntes Seil entlanglief. Was war hier los?

Da kam Karl hinter einem Regal hervorgesprungen. Er klickte nervös auf einer Fernbedienung herum, bis das Licht endlich ausging. »'tschuldigung. Meine Alarmanlage war noch aktiviert«, sagte er zerknirscht.

Karl hatte sich hier oben offensichtlich eine Art Büro eingerichtet. Auf mehreren Schreibtischen lagen große Stapel Hefte, daneben stand ein Computer.

Karl ließ sich auf den alten Bürostuhl fallen. »Mathe, Chemie oder Physik?«, fragte er gelangweilt und zeigte auf die Heftstapel. »Könnt ihr dahin legen.«

»Was?« Willi starrte ihn planlos an.

Karl seufzte. »Aber gebt mir auch euren Füller und ein Beispiel von eurer Handschrift mit, ja?«

Willi starrte ihn an, als sei Karl gerade vom Mars gekommen. Wovon redete der? Da fiel sein Blick auf einen Stiftehalter aus Holz, in dem mehrere Füller steckten. Fein säuberlich war jede Halterung mit den Namen ihrer Mitschüler beschriftet. Nun wurde auch Willi alles klar. Karl erledigte regelmäßig die Hausaufgaben der anderen. Links Chemie, Physik in der Mitte und Mathe ganz rechts.

»Deshalb sind wir nicht hier«, sagte Tim kopfschüttelnd.

»Ihr wollt gar keine Hausaufgaben von mir?«, wunderte sich Karl mit großen Augen.

»Nein, aber was anderes ...«, erwiderte Tim.

Willi nickte eifrig.

»Echt?« Karl konnte es kaum fassen. »Und was?«, wollte er nun neugierig wissen.

Tim und Willi erklärten es ihm und Karl war sofort Feuer und Flamme. Den halben Nachmittag beratschlagten sie sich, dann stand ihr Plan fest.

7. Kapitel

Am späten Abend begleitete Gaby ihren Vater auf das Polizeirevier. Sie hatte ihren Saxofonkoffer dabei und begegnete am Eingang dem diensthabenden Polizisten Harry, den sie besonders gern mochte. Er fütterte gerade den Polizeihund.

»'n Abend, Gaby«, grüßte er. »Spielst du wieder *Jailhouse Rock* für mich?«

Gaby grinste. »Klar, wenn du mir dafür wieder ein paar Einbrechertricks zeigst«, antwortete sie verschmitzt.

»Was, Einbrechertricks?«, schaltete sich ihr Vater ein.

»Klar, machen wir«, meinte Harry gutmütig.

»Auf keinen Fall!«, sagte Glockner. Gaby verdrehte daraufhin nur die Augen.

Im Büro ihres Vaters packte sie ihr Saxofon aus und begann zu spielen.

Es war nicht ungewöhnlich, dass Gaby ihren Vater auf das Revier begleitete. Ihre Mutter lebte schon lange nicht mehr bei ihnen, und sie hatte keine Lust, abends allein zu sein. Vielleicht passierte ja etwas Spannendes. Gaby liebte Kriminalfälle aller Art und schaute gern auf den Monitoren des Reviers nach, ob irgendwo in der Millionenstadt etwas los war. Heute schien es aber recht ruhig zu sein.

Was Gaby nicht wusste: Genau vor dem Revier war etwas im Gange.

Tim, Willi und Karl schlichen über den Parkplatz, auf dem auch Kommissar Glockner sein Auto geparkt hatte. Während

Karl und Willi von zu Hause gekommen waren, hatte Tim sich an einem Seil aus seinem Fenster im Internat hinuntergehangelt und war heimlich weggeschlichen. Er hoffte, dass niemand ihn dabei gesehen hatte.

Die drei liefen geduckt auf das Revier zu und pressten sich schließlich an die Hauswand vor dem Eingang der Polizeiwache. Direkt über ihnen saß Harry im verglasten Vorraum am Computer. Neben ihnen führte ein Eisentor mit elektronischer Sperre auf den Hof des Polizeigeländes. Karl holte seinen Laptop aus dem Rucksack, klappte ihn auf und schloss ihn mit einem Kabel an die Elektronik des Tores an. Sekunden später flackerte eine Zahlenreihe über seinen Bildschirm.

»Und?«, fragte Tim erwartungsvoll. Er hatte keine Ahnung, was da vor sich ging.

Karl hingegen schon. Für ihn waren Zahlen und Computer einfach das Größte. Sein Laptop hatte sogar einen Namen. Er nannte ihn liebevoll *Ruby*. Aufgeregt erwiderte er: »Ruby lernt gerade die Befehle aus dem Bus-System. Die Info übertragen wir an die Website mit den Zahlencodes für die digitalen Schalter. Und damit öffnen wir das Tor.«

Willi hatte zwar kein Wort verstanden, aber *damit öffnen wir das Tor* klang gut. Anerkennend klopfte er Karl auf die Schulter, der nun stolz die letzten Sekunden runterzählte: »Sieben, sechs, fünf, vier, drei, zwei ...«

Plötzlich wurde der Bildschirm schwarz. »Ups.« Nervös drückte Karl auf die On/off-Taste.

»Was ist?«, fragte Tim ungeduldig.

»Akku leer.« Karl sah ihn entschuldigend an.

»Mann, Leute!« Entgeistert starrte Willi ihn an. »Das kann doch nicht wahr sein?«

Enttäuscht lehnte er sich mit dem Rücken gegen das große Eisentor. Da gab es plötzlich nach und Willi fiel polternd mit dem Tor in den Hof hinein. »Waaah!«

Erschrocken schauten sich die drei um. Hatte der Polizist am Eingang etwas bemerkt? Doch alles blieb ruhig. »Komm, er hat nichts gesehen«, flüsterte Tim und half Willi aufzustehen. Dann gingen die beiden in den Hof hinein.

»Hey, wartet auf mich!«, rief Karl leise. So schnell er konnte, verstaute er seinen Laptop und das Kabel wieder im Rucksack. »Nehmt mich mit!«

Tim und Willi sahen sich an. Irgendwie tat Karl ihnen nun doch leid. Niemand hatte schließlich wissen können, dass es am Ende so einfach sein würde, auf das Polizeigelände zu gelangen. Deshalb nahmen sie ihn gnädigerweise mit.

Durch das Polizeirevier schallte noch immer Gabys Saxofon. Sie lief durch die Büros und erfreute Glockners Kollegen mit ihrem Spiel. Nun kam sie spielend wieder in das Büro ihres Vaters. Er liebte es, wenn sie bei ihm übte.

Kommissar Glockner saß mit dem Rücken zu Gaby und tippte etwas in seinen Computer. Interessiert setzte Gaby das Saxofon ab und reckte den Kopf, um ihm über die Schulter schauen zu können. »Schreibst du den Bericht zur Beweisauswertung?«, erkundigte sie sich möglichst beiläufig.

»Hmm«, brummte ihr Vater, während seine Finger über die Tastatur flogen.

Tim wird beim Sprayen erwischt und flieht vor der Polizei. Er ahnt noch nicht, welche Abenteuer ihn erwarten.

Das Abenteuer beginnt im Internat, wo sich Tim und Willi unfreiwillig ein Zimmer teilen.

Kurze Zeit später werden sie Zeugen des Absturzes des Privatjets der Familie Sauerlich.

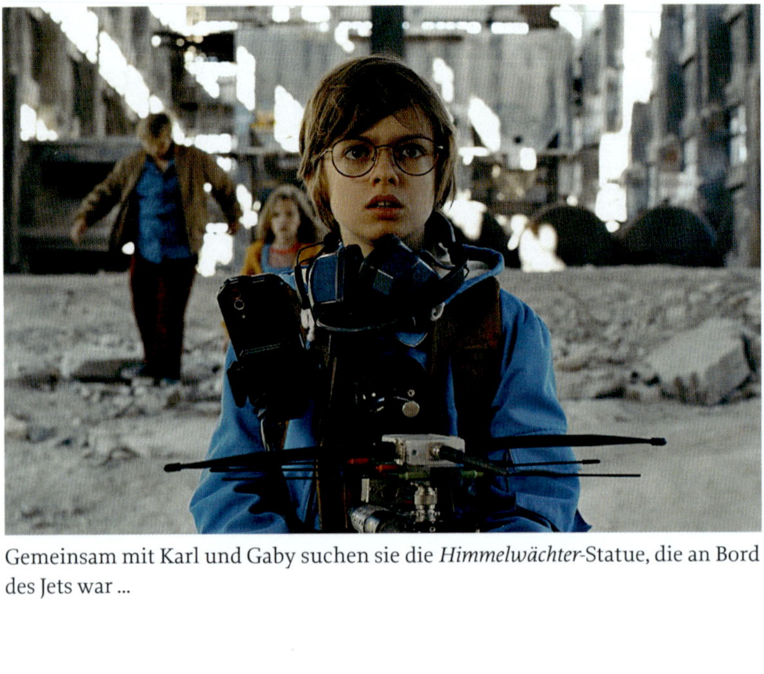

Gemeinsam mit Karl und Gaby suchen sie die *Himmelwächter*-Statue, die an Bord des Jets war …

... doch die vier finden nur die leere Schatulle.

Herr Sauerlich verdächtigt Georg, den Piloten und Chauffeur der Familie, die Statue gestohlen zu haben.

Willis Mutter ist indessen heilfroh, dass ihrem Sohn nichts passiert ist.

Der Seher Raimondo und seine Assistentin Amanda beobachten das Treiben in der Villa Sauerlich.

Herr Sauerlich will Tim, Willi und Gaby ins Internat fahren …

… doch es kommt anders. Auf dem Weg dorthin wird Willis Vater von Unbekannten entführt.

In geheimer Mission versuchen die Jungen, im Polizeirevier Hinweise auf die Entführer zu finden.

Gemeinsam planen die ungleichen Freunde, bei einer Séance in der Villa Sauerlich nach Spuren zu suchen.

Karl und Gaby beobachten gut versteckt …

… wie sich Tim, verkleidet als Timothea, bei der Séance einschleicht.

Doch nicht nur Tim, auch Kommissar Glockner mischt sich inkognito unter die Gäste.

Haben Raimondo und Amanda etwas mit der Entführung zu tun? Nichts wie hin zu ihrem Haus!

Bei Raimondo und Amanda entdecken die vier eine verdächtige Bodenklappe.

Kommissar Glockner und sein Assistent Bienert wollen herausfinden, ob Herr Sauerlich hinter der Klappe versteckt wird.

Raimondo und Amanda streiten die Vorwürfe vehement ab.

Und tatsächlich: Der Keller ihres Hauses ist leer.

Tim, Karl, Willi und Gaby werden zur Direktorin gerufen, weil sie sich heimlich aus dem Internat geschlichen haben.

Im Beisein von Lehrer Pauling wird Tim vom Internat suspendiert.

Auf einem Handyfoto findet Willi schließlich den entscheidenden Hinweis auf den Täter.

Tim und Willi wollen Karl und Gaby zu Hilfe holen, aber Karl hat sich bereits allein auf den Weg gemacht ...

... und trifft bei den Soiner Werken auf Lehrer Pauling.

Herr Pauling zeigt sein wahres Gesicht und verschleppt Karl.

Pauling steckt mit Raimondo und Amanda unter einer Decke. Ihr eigentliches Ziel ist der *Himmelswächter*.

Tim, Gaby und Willi machen sich auf die Suche nach Karl und Herrn Sauerlich.

Als die Entführer den *Himmelswächter* haben, wollen sie die Gefangenen freilassen ...

... doch Pauling stellt Raimondo und Amanda eine Falle und macht sich mit dem *Himmelswächter* aus dem Staub.

Auf seiner Flucht können Tim und Gaby ihn aufhalten. Pauling wird verhaftet und die Gefangenen werden befreit.

Die vier neuen Freunde haben gemeinsam den Fall gelöst - und sind jetzt TKKG!

»Papa, ich habe mich mal bei Willi Sauerlich umgehört«, erzählte Gaby jetzt. »Dieser Georg hatte da so einen Angelschuppen am Weiger See. Da war er ziemlich oft.«

Kommissar Glockner atmete tief durch. »Gaby, danke, dass du mir helfen willst.« Er drehte sich mit seinem Schreibtischstuhl zu ihr um und sah ihr eindringlich in die Augen. »Aber diese Entführung ist eine ernste Sache. Ich möchte nicht, dass du dich weiter damit beschäftigst.«

Gaby zog die Stirn kraus. »Was soll das denn, Papa?«, entgegnete sie verständnislos.

»Ich ärgere mich, dass ich dich überhaupt in eine so gefährliche Situation gebracht habe«, erklärte Glockner. »Ich weiß, ich nehme dich immer mit, seit deine Mutter weg ist, aber ...« Er hielt inne und sah Gaby ernst an. »Gaby, du bist keine Polizistin. Du bist ein kleines Mädchen.« Weil Gaby ihn nur stumm anschaute und er auch nicht weiterwusste, zeigte er auf ihr Saxofon und sagte: »So, und jetzt konzentrierst du dich darauf!« Er drehte sich mit seinem Stuhl wieder zurück zum Schreibtisch. »Und ich mich darauf!«, meinte er energisch und haute in die Tasten.

»Aber Papa, wegen meines Fotos habt ihr doch den Wagen überhaupt erst gefunden«, wandte Gaby ein. »Dann darf ich doch auch wissen, welche Hinweise da drin sind.«

»Nein!«, antwortete ihr Vater und schüttelte den Kopf.

»Papa, du brauchst doch meine Hilfe«, meinte Gaby fassungslos.

»Ende der Durchsage!«, sagte er, ohne sie noch einmal anzusehen.

Seufzend setzte Gaby wieder das Saxofon an ihre Lippen. Innerlich kochte sie vor Wut. Wie konnte ihr Vater sie nur einfach von dem Fall ausschließen? Gerade jetzt, wo es spannend wurde. Das war total unfair!

Kommissar Glockner bemerkte davon jedoch nichts, sondern wippte zufrieden mit einem Fuß im Takt der Musik, während er seinen Bericht weiterschrieb.

Während Gaby spielte, sah sie durch die Jalousien eines Fensters in den Nebenraum. Dort standen die Monitore der Überwachungskameras. Wie meistens war nichts los. Doch plötzlich sah Gaby drei Gestalten über einen der Bildschirme huschen. Sie wollte gerade etwas sagen, da erkannte sie Tim, Willi und Karl. Vor Schreck spielte sie einen ganz schiefen Ton und hielt dann inne. »Diese Vollhonks!«, zischte sie leise.

Entnervt hörte Glockner auf zu tippen. »Was ist denn jetzt schon wieder?«

Da spielte Gaby schnell auf ihrem Saxofon eine neue, flotte Melodie. Dabei bewegte sie sich so vor dem Fenster hin und her, dass ihr Körper die Monitore verdeckte. Ihr Vater freute sich, dass Gaby so einsichtig war, und tanzte übermütig eine kleine Runde vor ihr herum. Dann setzte er sich wieder an seinen Computer und schrieb weiter. Gaby hingegen schloss leise die Jalousien und ging aus dem Zimmer. »Ich hole dir was zu essen«, meinte sie zu ihrem Vater.

»Danke!«, rief er ihr nach.

Tim, Willi und Karl waren durch ein Kellerfenster in das Polizeirevier eingestiegen. Vor ihnen lag die Asservatenkammer, eine große Halle, in der sich alle Gegenstände befanden, die von der Polizei bei der Ermittlung von Kriminalfällen sichergestellt worden waren. Also folglich auch das Auto der Entführer. Vorsichtig tappten die Jungen voran. In der Halle war es dunkel, nur der Schein ihrer Taschenlampen erhellte ein wenig die Umgebung.

»Dahinten!« Tim wies auf den großen weißen Lieferwagen ein Stück vor ihnen. »Da ist er.«

Sie gingen auf den Wagen zu und Tim beleuchtete mit seiner Taschenlampe die Hecktür. »Guckt mal, hier ist der Schuhabdruck«, sagte er. Das Muster der Sohle war deutlich erkennbar. Willi zückte sein Handy und schoss ein Foto. Der Blitz seiner Kamera flammte auf und blendete Tim direkt ins Gesicht. »Oh Mann, Willi!«, stöhnte er und rieb sich die Augen.

»Ist das jetzt schon der mysteriöse Hinweis?«, fragte Willi und packte zufrieden sein Handy wieder ein.

Tim öffnete die Hecktür und kletterte hinein. »Hmm, ich sehe nichts weiter«, meinte er.

Karl kam ihm nach und fuhr mit der flachen Hand die Oberflächen entlang. Plötzlich hielt er inne und winkte Tim aufgeregt. »Hier!«

Mit einem Satz war Tim bei ihm und befühlte die Stelle. »Hier ist was eingeritzt«, stellte er fest. Er hielt die Taschenlampe darauf und erkannte eine zerkratzte Fläche. Es schien eine Art Schrift zu sein. Doch als er mit seinem Handy ein Foto schoss, konnte man auch nicht mehr erkennen. »Wir brauchen eine höhere Auflösung«, meinte Tim.

»Nee«, Karl schüttelte den Kopf. »Wir brauchen eine andere Technik.« Und mit Technik kannte er sich schließlich aus. Er hatte bereits einen Block aus seinem Rucksack geholt, riss ein Blatt herunter und legte es über die zerkratzte Stelle. Dann malte er mit dem Bleistift locker darüber und pauste die Stelle ab. Nun erschienen weiße Buchstaben unter dem dunklen Bleistiftstrich und bald erkannten sie im Licht der Taschenlampe ein Wort.

»Stick?«, riefen Tim und Karl nahezu gleichzeitig aus und schwiegen dann verwirrt. Was hatte es damit auf sich? Karl hielt Willi das Blatt entgegen, damit auch er die Schrift sehen konnte.

Mit einem Mal erhellte sich Willis Gesicht. »Mensch, Leute!«, rief er strahlend. »Ich hab's!« Doch als Karl und Tim ihn erwartungsvoll anschauten, zog er erst mal eine Tafel Schokolade aus der Tasche. Natürlich eine der Marke *Sauerlichs Beste.* Seine beiden Freunde verdrehten die Augen. Wie konnte Willi in so einem Moment nur ans Essen denken?

»Ist das jetzt dein Ernst?«, stöhnte Tim.

Willi schüttelte empört den Kopf. »Leute, schaut doch mal!« Er zeigte auf die Schokolade. Genauer gesagt deutete er auf die Unterschrift seines Vaters, die auf die Verpackung aufgedruckt war. »Seht ihr das nicht?«, rief er ungläubig. »Das *S* hier hat denselben Schwung wie die Unterschrift meines Vaters.«

Jetzt erkannten Tim und Karl es auch. Das weiße *S* von dem Wort *Stick*, das Karl mit dem Bleistift freigelegt hatte, war fast identisch mit dem der Unterschrift. Das bedeutete, dass nur er dieses Wort in den Lack der Innenwand geritzt haben konnte. Willi biss genüsslich ein Stück von seiner Schokolade ab.

»Gute Arbeit!«, sagte Tim zufrieden zu Karl, und der platzte fast vor Stolz. Sie waren in ihrem Fall ein Stück weitergekommen, ihre Unternehmungen hatten sich gelohnt!

»High Five!« Karl hielt den beiden seine Hand hin, doch in diesem Moment erschallte plötzlich lautes Hundegebell. Die drei erstarrten. Direkt vor dem geöffneten Heck stand ein riesiger, schwarzer Schäferhund und fletschte die Zähne.

Er legte die Ohren flach an und stemmte die Pfoten auf den Boden, als sei er zum Sprung bereit. Regungslos standen die drei Jungen da. Willi überlegte, ob der Hund sich wohl mit einem Stück Schokolade besänftigen ließe. Leider wusste selbst er, dass ausgebildete Polizeihunde unbestechlich waren. Wie festgefroren standen die drei Jungs da.

Da ging mit einem Mal das Licht in der Halle an. »Ihr Schwachmaten!«, ertönte Gabys Stimme und einen Augenblick später sahen die Jungen sie auf das Auto zukommen. Der Schäferhund wandte sich langsam ab und ging auf sie zu.

»Pass auf!«, rief Tim. Er wollte zu Gaby hinüber, um ihr gegen die Bestie zur Seite zu stehen, doch Gaby gab ihm mit der Hand ein Zeichen, dass er zurückbleiben solle. Sie streckte dem Hund die Hand entgegen.

Die Augen der Jungen weiteten sich entsetzt. »Spinnt die?«, röchelte Karl vor Schreck.

»Völlig crazy«, meinte Willi kopfschüttelnd.

Doch ganz unerwartet ließ der Hund seine Drohgebärde fallen wie eine Maske. Er legte die Ohren zurück, und nun erkannten die drei Jungen, dass Gaby dem Hund einen Teller mit zwei Würstchen hinhielt, die er sabbernd wegfraß.

»Ist das eklig«, sagte Gaby angewidert, als die schlabbrige Zunge auch noch den Teller abschleckte.

Dann hob sie den Kopf und sah Tim, Willi und Karl streng an. »Los, haut ab!«

Keiner der drei hatte damit gerechnet, dass Gaby sie laufen lassen würde. Schließlich war sie doch die Polizistentochter, die so gern Verbrecher jagte. »Danke!«, stieß Willi lächelnd hervor.

»Bildet euch bloß nichts darauf ein«, erwiderte Gaby, ohne mit der Wimper zu zucken.

»Trotzdem danke«, sagte Tim.

Der Hund saß nun wie gezähmt vor Gaby und blickte sie treuherzig an. »Kannst du das auch mit Tigern?«, fragte Karl beeindruckt.

»Oh Mann!« Gaby sah kopfschüttelnd an die Decke. »Haut einfach ab, o. k.?«, sagte sie und die drei Jungen schlichen zitternd und schwer atmend an ihr und dem Hund vorbei.

Sie wollten gerade zur Tür hinaus, als eine Etage über ihnen die Tür zur Empore aufgerissen wurde.

»Gaby!« Kommissar Glockner erschien auf dem Absatz einer Treppe, die in die Halle hinunterführte.

Schnell versteckten sich Tim, Willi und Karl im Schatten der Treppe.

Zum Glück blieb Glockner oben am Geländer stehen. »Was machst du denn da?«, fragte er verwundert. »Du wolltest mir doch was zum Essen holen.«

Entschuldigend hielt Gaby ihm den leeren Teller hin. »Sorry, aber da hat schon jemand vor dir zugeschlagen«, meinte sie und lächelte ihn unschuldig an. Neben ihr leckte sich der Schäferhund noch die Schnauze.

»Hast du irgendeinen Verdacht?«, fragte ihr Vater amüsiert.

Grinsend sah Gaby auf den Hund. »Nö.«

Ihr Vater hob den Zeigefinger an den Mund. »Hm ... Bienert«, meinte er dann feixend. »Ich sag Bienert.« Dann ging er wieder, und auch die drei Jungs machten, dass sie fortkamen.

Es war schon nach Mitternacht, als Tim wieder am Seil zum *Adlernest* hinaufkletterte. Zum Glück hatte es niemand entdeckt. Erleichtert schlüpfte er zum Fenster hinein und atmete tief durch. Da ging plötzlich das Licht an. Tim erschrak, als er seinen Lehrer Pauling in der Tür stehen sah.

»Ist schon o. k.«, sagte Herr Pauling ruhig. Er kam ins Zimmer hinein und schloss die Tür hinter sich. »Setz dich mal hin.«

Betreten nahm Tim auf Willis Bett Platz, während Pauling kopfschüttelnd aus dem Fenster schaute. Vermutlich konnte er es nicht fassen, wie man aus solch einer Höhe an einem Seil rauf- und runterklettern konnte. Schließlich nahm er auf einem der Schreibtischstühle Platz und musterte Tim mit ernstem Blick. »Heimweh?«, erkundigte er sich dann sanft. Als Tim den Kopf schüttelte, hakte Pauling besorgt nach: »Wo kommst du denn jetzt her? Mit wem triffst du dich denn da?«

»Das kann ich nicht sagen«, antwortete Tim direkt. Auf keinen Fall würde er seine Freunde verpfeifen.

Pauling nickte. »Okay.« Nach einer kleinen Pause fragte er plötzlich: »Bist du eigentlich gern hier? Gefällt es dir bei uns?«

Auch das konnte Tim eindeutig beantworten. »Ja.«

»Okay, aber dann verstehe ich nicht, warum du bei uns genauso weitermachst wie auf deiner alten Schule«, entgegnete Pauling. Er lehnte sich nach vorn. »Mensch, Tim, du hast eine Begabung, weißt du das?«, sagte er eindringlich. »Vermassele dir deine Chance hier nicht!«

Schuldbewusst senkte Tim seinen Blick und Pauling erhob sich. »Okay, also letzte Verwarnung, klar?«

Tim schluckte. »Okay«, erwiderte er leise.

Pauling schob den Stuhl unter den Schreibtisch und ging zur Tür. »Na los, ab ins Bett«, sagte er etwas freundlicher, ehe er das Zimmer verließ.

Nach dieser Begegnung lag Tim noch lange wach. Das hatte ihm gerade noch gefehlt! Natürlich wollte er nicht von der Schule fliegen, aber noch mehr als Paulings Verwarnung beschäftigte ihn der Fund in dem Lieferwagen. Er rätselte lange, aber er hatte nicht den leisesten Schimmer, was die eingeritzte Schrift für eine Bedeutung haben könnte.

8. Kapitel

Am nächsten Morgen gab es für Willi und Tim nur das eine Thema. Sie waren auf dem Weg zum Klassenraum. »Stick!«, sagte Tim. »Was soll das heißen? Vielleicht Sticks? Sticker?«

Willi hob die Schultern. »Keine Ahnung!«

Plötzlich stand Karl vor den beiden. Freudestrahlend hielt er ihnen die Faust hin. »Hey!«

Pikiert sahen Willi und Tim ihn an. Was wollte Karl von ihnen? Nur zögerlich schlugen sie ihre Fäuste gegen seine.

Begeistert sprudelte es aus Karl heraus: »Wir sind ja jetzt ein professionelles Ermittlungsteam. Da brauchen wir auch 'ne *Base*, oder? Ich habe mir überlegt, dass wir meinen Dachboden umbauen können.«

Bevor sich Karl weiter in seine Idee hineinsteigern konnte, unterbrach Tim ihn schnell. »Ich glaube, du hast da was falsch verstanden«, dämpfte er Karls Eifer.

»Was denn?«, fragte Karl enttäuscht.

»Du hast uns wirklich geholfen«, sprang Willi mit ein. Es klang dankbar, doch gleich darauf machte auch er Karls Hoffnungen zunichte. »Aber wir sind kein ... Ermittlungsteam.«

In diesem Moment kam Gaby angestürmt. »Habt ihr sie noch alle!«, rief sie hitzig. »Ins Polizeirevier einzubrechen?! Wie bescheuert seid ihr eigentlich?« Sie tippte sich mit beiden Händen an die Stirn.

Tim schnaufte empört. »Du wolltest uns ja keine Hinweise verraten«, sagte er und ging einfach weiter.

Jetzt wurde Gaby hellhörig und kam ihm hinterher. »Welche Hinweise habt ihr denn im Auto gefunden?«, fragte sie interessiert nach.

Tim grinste. »Es tut mir leid, aber wir können leider keine Ermittlungsergebnisse an Außenstehende weitergeben«, erwiderte er voller Genugtuung.

Daraufhin entgegnete Gaby nur schnippisch: »Ihr braucht mir sowieso nichts zu sagen. Mein Vater hält mich eh auf dem Laufenden.«

»Dann mach doch mit Papi weiter«, meinte Tim ungerührt.

Die beiden wechselten einen langen Blick, dann siegte Gabys Neugier. Sie seufzte ergeben. »Okay!«, sagte sie und blieb stehen. »Was habt ihr rausgefunden?«

Willi stellte sich siegessicher neben Tim. »Wenn wir dir die Info weitergeben«, begann er und grinste Gaby freundlich an, »was kriegen wir dann dafür?«

»Zum Beispiel Hirn?«, antwortete Gaby verächtlich.

»Da hat sie recht!«, kam es mit einem Brustton der Überzeugung von Karl, der nun an Gabys Seite war. Bewundernd blickte er zu Gaby auf, und auch Tim musste zugeben, dass ihr Spruch nicht schlecht gekontert war.

»Als Erstes brauchen wir eine *Base*«, fuhr Gaby fort, und Karl sah aus, als wolle er ihr gleich um den Hals fallen.

»Sag ich doch«, meinte er begeistert.

Willi und Tim gaben sich am Ende geschlagen. Weil ihnen selbst auch nichts Besseres einfiel, waren sie damit einverstanden, die *Base*, also ihr Detektivlager für Besprechungen, auf Karls Dachboden einzurichten. Gleich nach der Schule trafen sie sich dort. Willi hatte zwei Fotos mit dem Schuhabdruck vergrößert und ausgedruckt. Mit Wäscheklammern hängte er es an eine Leine, die Karl gespannt hatte und an der schon das Papier mit dem abgepausten Schriftzug *Stick* hing.

Gaby betrachtete die Bilder eingehend. Nach einer Weile klatschte sie in die Hände und meinte: »So, Leute, mit dem Schuhabdruck kann man arbeiten. Das muss ich echt zugeben.« Sie klang ein wenig gönnerhaft, doch die Jungen freuten sich trotzdem, dass sie ihre Arbeit würdigte.

Willi hatte es sich in einem alten Ledersessel bequem gemacht und blickte stolz zu Tim hinüber, der auf einem ausrangierten Hocker saß. »Na ja, leider kann jeder so eine 08/15-Sohle haben«, wandte Tim nun doch ein.

Gaby zeigte auf eine Stelle im Bild. »Aber hier ist ein Riss in der Sohle«, erklärte sie. »Wenn wir den Schuh finden, haben wir den Täter«, meinte sie überzeugt.

»Und sollen wir uns jetzt vor den Schuster stellen und warten, oder was?«, fragte Willi verständnislos.

»Nee«, antwortete Gaby kopfschüttelnd. »Wir müssen alle Verdächtigen überprüfen.«

Willi kapierte immer noch nichts. »Und woher wissen wir, wer verdächtig ist?«

Jetzt ging Gaby schmunzelnd zu Karls Schreibtisch. »Logisches Denken!« Sie fegte ein paar Mathehefte beiseite und setzte sich auf die Ecke des Schreibtisches.

Karl bemerkte es stirnrunzelnd. Aber weil er Gaby insgeheim verehrte, sagte er nichts dazu, dass nun alle Hefte durcheinandergeraten waren. »Ja«, begann er. »Also, wer außer Georg wusste von dem Flug?«

Nachdenklich erhob sich Willi aus seinem Sessel. »Eigentlich jeder aus der Eichenallee.«

Gaby nickte. »O. k. Fangen wir vorn an: Wir haben diesen Gärtner gesehen, was kannst du über ihn sagen?«

»Ja, Hugo. Der arbeitet schon seit ... vor meiner Geburt bei uns. Der gehört praktisch zur Familie. Genau wie unsere Haushälterin Edda«, erklärte Willi.

»Was ist mit der Frau, der wir in der Empfangshalle begegnet sind?«, warf Tim ein.

»Linda Mauser. Geschäftspartnerin meines Vaters.« Ein Lächeln flog über Willis Gesicht. »Und Erfinderin des *Death by Chocolate.*« Er sah aus, als würde er sich gleich über die Lippen lecken.

»Des was?«, hakte Tim verständnislos nach und auch Gaby und Karl machten fragende Gesichter.

»Na, der *Double-Fudge-Brownie-Supreme-Schokolade.*« Willi guckte die drei ungläubig an. »Ihr kennt die nicht?«

Für die Schokolade interessierte sich Gaby kein bisschen. Deswegen ging sie auf Willis Verwunderung auch nicht ein, sondern redete einfach weiter: »Da waren doch noch diese Frau und dieser komische Typ mit der Sonnenbrille.«

»Wen meint ihr?«, fragte Karl.

»Amanda und Raimondo.« Willi nickte. »Aber der ist blind.«

»Ich würde erst mal niemanden ausschließen«, entgegnete Gaby.

»O. k.« Willi zuckte mit den Achseln. »Die sind etwa seit drei Monaten bei uns.«

Mit einem Mal sprang Gaby auf. »Das ist doch genau der Zeitraum, seitdem bei euch immer die Alarmanlage angeht?«

»Krass!«, stieß Tim überrascht aus.

»Stimmt!« Jetzt fiel es auch Willi wie Schuppen von den Augen.

»Was machen die denn überhaupt bei euch?«, erkundigte sich Gaby nun genauer.

»Ähm, na ja«, druckste Willi herum. Es war ihm sichtlich peinlich, über Amanda und Raimondo sprechen zu müssen. Aber es half ja nichts. Wenn sie den Fall lösen wollten, musste er es erzählen. Gaby und Tim hatten ja eh schon genug mitbekommen. »Also, meine Mutter ist ja so viel allein, und Amanda und Raimondo machen mit ihr Yoga, meditieren und testen Energieflüsse. Die haben auch so eine komische Truppe, mit der sie Geisterbeschwörungen machen.«

»Geisterbeschwörungen?«, wiederholte Gaby.

»Ja, eine Séance.« Willi nickte. Plötzlich fiel ihm noch etwas ein. Er stand auf und stand nun kerzengerade vor Gaby und Karl. »Und morgen Abend steigt bei uns die große Show!«

»Was für eine Show?«, fragte Gaby gespannt.

»Alle Teilnehmer bilden einen Energiekreis, mit dem sie Kontakt zu Verstorbenen oder Vermissten aufnehmen können. So wollen sie meinen Vater finden.«

»Ist ja unheimlich«, meinte Karl.

»Aber da könnten wir uns die beiden ja mal genauer anschauen«, schlug Tim vor.

Gaby nickte begeistert. »Ja, und uns die Schuhabdrücke holen.«

»Ich weiß auch, wie das geht!«, rief Karl eifrig. »Wir brauchen Folien und Silikonspray.«

Nur Willi meinte seufzend: »Das Problem ist: Die lassen mich eigentlich nie zu so einer Sitzung mit rein.«

»Wie laden die eigentlich die Leute ein?«, fragte Tim.

Willi sah ihn an. »Ich glaube, per E-Mail oder so etwas Altmodisches.«

»Cool!« Karl ließ sich auf seinen Stuhl vor dem Computer fallen. »Ich werde die hacken. Einfach einen Trojaner einschleusen, dann mit Vollzugriff auf C:/ und PHP im Hintergrund laufen lassen ... und schon bin ich drin!«

»Kannst du mich da als Tim anmelden?«, fragte Tim ihn.

»Natürlich nicht als Tim!«, rief Gaby dazwischen. Sie begann hintersinnig zu grinsen. »Sondern als Timothea«, fügte sie genüsslich hinzu.

Nun verstand Tim, aber er war alles andere als begeistert von der Idee, als Frau bei der Sitzung mitzumachen. Doch es blieb ihm wohl nichts anderes übrig, jedenfalls hatte er keinen besseren Vorschlag.

Willis Gesicht war ein einziges Fragezeichen. »Wer ist Timothea?«

Gaby verdrehte stöhnend die Augen. »Oh, Willi!«

Sofort machte sich Karl ans Werk. Schon bald hatte er den E-Mail-Account von Erna Sauerlich geknackt und Timothea Müller auf die Gästeliste gesetzt.

Jetzt wurde es spannend!

9. Kapitel

Am nächsten Nachmittag bereitete sich Tim auf seinen Auftritt als Timothea Müller vor. Besser gesagt, Gaby bereitete ihn darauf vor. Die beiden saßen gut versteckt im Gebüsch unweit der Villa Sauerlich. Bald schon würde Raimondos Séance beginnen.

Mit einem Schminkpinsel trug Gaby Rouge auf Tims Wangen auf. Dabei schaute sie immer wieder zur Villa hinüber. »Meinst du, die denken da wirklich, dass sie Kontakt zu Vermissten und Toten aufnehmen können?«, fragte sie zögerlich, während sie sachte mit dem Pinsel über Tims Haut strich.

Tim seufzte lächelnd. »Schön wär's. Als ich klein war, wollte ich auch immer Kontakt zu meinem Vater aufnehmen.«

»Wieso?« Gaby hielt kurz inne und sah Tim fragend an. »Was ist denn mit deinem Vater passiert?«

Tim wandte das Gesicht zur Seite. »Autounfall«, antwortete er kurz. »Als ich fünf war.«

Betroffen ließ Gaby den Pinsel sinken. »Oh Mann«, stieß sie aus und starrte gedankenverloren ins Leere.

»Meine Eltern waren gerade nach Deutschland gekommen, weil mein Vater hier Ingenieur werden wollte«, erzählte Tim.

Gaby sagte nichts. Doch plötzlich fiel ihr etwas ein. »Ach, deswegen der Walkman«, meinte sie und lächelte ganz leicht. »Der ist von ihm.«

»Hm.« Tim nickte etwas verlegen. »Da ist so ein Mixtape drin, das hat mein Vater mal meiner Mutter aufgenommen.

Als sie sich gerade frisch verliebt hatten«, fügte er hinzu und mit einem Mal herrschte Schweigen zwischen den beiden. Ungewöhnlich lang sahen sie sich in die Augen. Da raschelte es hinter ihnen im Gebüsch und sie fuhren herum.

Karl kam zwischen den Zweigen hervorgestürmt. In der einen Hand hielt er ein Walkie-Talkie, in der anderen einen durchsichtigen Ohrstöpsel.

»Schnell!«, sagte er atemlos und sah verwirrt zwischen Gaby und Tim hin und her. »Es geht los!« Als weder Gaby noch Tim antworteten, streckte er Tim den Stöpsel hin. »Hier! Hab ich aus einem Hörgerät ausgebaut.«

Tim nahm den Stöpsel und steckte ihn in sein linkes Ohr.

»Tim, denk dran«, warf Gaby ein und spitzte die Lippen. Es sollte einen Schmollmund darstellen, doch es erinnerte fast mehr an einen Kussmund.

Karl starrte die beiden an. Was war hier eigentlich los?

Wissend nickte Tim und schob seine Lippen ebenfalls nach vorn, so dass sie voller und weiblicher wirkten.

»Kommt!«, rief Karl leise und rannte davon. Bevor es jedoch losgehen konnte, schmiss sich Tim erst noch in Schale.

Die Sonne schien noch hell, als wenig später eine Frau mit langen, dunklen Locken die Auffahrt zu Sauerlichs Villa hinaufstakste. Sie trug ein gelbes Sommerkleid, hatte eine Handtasche am Ellbogen baumeln und mit ihren braunen Stöckelschuhen knickte sie immer wieder zur Seite weg.

Verzweifelt bemühte sich Tim, so würdevoll wie nur möglich zu gehen. Doch das war schwieriger als gedacht. Verflixt, hätte er nur mal besser geübt. Hoffentlich hegte niemand Verdacht, wenn er seine ungelenken Schritte sah.

Gaby, Karl und Willi hatten unterdessen ihre Posten bezogen. Während Gaby und Karl mit ihren Walkie-Talkies im Gebüsch saßen, hatte Willi es sich im Sicherheitsraum der Villa gemütlich gemacht. Von hier konnte er durch die Monitore der Überwachungskameras sämtliche Eingänge der Villa beobachten.

Lässig legte er seine Füße auf den Tisch und griff nach einem der Häppchen, die er sich aus der Küche organisiert hatte. Er war rundum zufrieden. Übermütig rief er in sein Walkie-Talkie: »Herzlich Willkommen, Ladies and Gentlemen! Rien ne va plus! Nichts geht mehr! Let's get ready to rumble!« Nach einer kurzen Pause fügte er hinzu: »Ach ja, over!«

Gaby und Karl beobachteten in der Zwischenzeit die Auffahrt. »G und K auf Position«, raunte Gaby in ihr Gerät. »T im Anflug. Over!«

Tim war inzwischen vor dem Haus der Sauerlichs angekommen. Zwar hatte sich Gaby beim Schminken ordentlich Mühe gegeben, trotzdem hatte er seine Augen fürs Erste hinter einer großen Sonnenbrille versteckt. Mutig ging Tim die Eingangstreppe hinauf, während er die glänzenden Lippen schürzte. Er war ziemlich aufgeregt. Nun kam der entscheidende erste Moment. Wenn Frau Sauerlich auf seine Maskerade hereinfiel, dann vielleicht auch die anderen Gäste.

Willis Mutter kam durch die Eingangstür auf ihn zu. In ihrem weinroten Kleid mit goldener Schärpe und einem dünnen, bunten Mantel sah sie fast wie eine Burgherrin aus.

In der Hand hielt sie ein Glas mit undefinierbarem grünem Inhalt. Ein breites Haarband zierte ihre rotblonden Locken. Mit fragendem und etwas wehmütigem Blick sah sie auf Tim. Ihre Augen waren von tiefen Schatten umrandet. Ohne Zweifel hatten die Vorfälle sie sehr mitgenommen. »Guten Abend? Bitte?«, sagte sie zu Tim, den sie offensichtlich nicht erkannte.

Tim atmete innerlich auf. »Mein Name ist Tim«, begann er.

»Tim?«, hakte Willis Mutter verwirrt nach.

Kurz schloss Tim die Augen. Er hätte sich ohrfeigen können. Wie konnte er nur so dumm sein? Doch äußerlich blieb er cool. Er nahm seine Sonnenbrille ab und warf mit einem geübten Schwung seine Locken über die Schultern. »Timothea Müller«, sagte er.

»Timothea Müller?«, wiederholte Frau Sauerlich stirnrunzelnd. Doch dann schien sie sich zu erinnern. »Ach, Sie haben mir diese E-Mail geschrieben«, sagte sie und strahlte Tim an. »Eine Empfehlung von Lord Lonski, richtig?«

Schnell nickte Tim. Alles schien doch noch perfekt zu laufen.

»Wunderbar«, sagte Frau Sauerlich. »Schön, dass Sie unser Energiefeld erweitern.« Sie drehte sich zur Seite, sodass der Weg für Tim frei wurde. »Bitte, treten Sie ein.«

»Er ist drin!«, gab Willi begeistert an Gaby und Karl durch, als Tim an Frau Sauerlich vorbeiging und das Haus betrat. »Gratuliere, Karl! Der Hack hat funktioniert. Ihr beide könnt euch jedenfalls schon mal auf das Auto stürzen. Der schwarze Pick-up ist von Raimondo. Over.«

Karl und Gaby sahen sich kurz an. »Alles roger«, erwiderte Gaby durch das Walkie-Talkie, dann machten sich die beiden auf. Sie huschten durch das Gebüsch hinaus zum Parkplatz vor der Auffahrt, wo mehrere Autos nebeneinanderstanden. Es dämmerte inzwischen. Schnell liefen sie auf den schwarzen Pick-up zu, doch da kam plötzlich noch ein Auto auf den Parkplatz gefahren. Im letzten Moment fanden sie Deckung hinter einem Wagen.

Als der Fahrer ausstieg, riss Gaby die Augen auf. »Das darf doch nicht wahr sein!«, stöhnte sie.

Der Mann war niemand anders als ihr Vater. Auch er hatte sich verkleidet. Er trug eine altmodische Perücke, und lange Koteletten ragten in sein Gesicht hinein.

»Wie sieht der eigentlich aus?« Gaby verdrehte die Augen. Ihr Vater musste seinen Geschmack verloren haben.

»Oh nein! Nicht der!«, stöhnte Willi im Sicherheitsraum, als er auf dem Monitor sah, dass Kommissar Glockner auf das Gebäude zukam.

»Willi!«, wisperte Gaby aufgeregt durch das Walkie-Talkie. »Was ist hier los? Wir müssen die Aktion sofort abbrechen. Wenn mein Vater mitkriegt, dass wir hier sind, dann sind wir so was von dran. Der grillt uns! Over.«

Im Haus hatten sich inzwischen acht Gäste in der Empfangshalle versammelt und warteten auf den Beginn der Séance. Tim stand etwas verloren dabei. Als ihn jemand antippte, fuhr er verstört herum. Doch es war nur eine Angestellte, die ihm ein Häppchen anbot. Erleichtert griff er zu. Er wollte gerade hineinbeißen, da betrat Kommissar Glockner zusammen mit Frau Sauerlich den Flur. Als Tim ihn hinter seiner Maskerade erkannte, drehte er sich erschrocken um.

»Machen Sie sich keine Sorgen«, raunte Glockner Willis Mutter zu. »Und nennen Sie mich *Michael Kramer.*« Dann schritt er durch die Halle und begrüßte die einzelnen Gäste, um sie schon mal genauer unter die Lupe zu nehmen. Vor Tim blieb er stehen und sah ihm tief in die Augen. »Schönen guten Abend!«, sagte er und streckte Tim die Hand entgegen.

Im Sicherheitsraum hielt sich Willi beide Hände vor das Gesicht. Er konnte kaum auf den Monitor schauen. Wenn das mal gut ging!

Schnell machte Tim seinen Schmollmund und erwiderte den Gruß mit einem feinen Lächeln. Er würde sich hüten, jetzt etwas zu sagen. Am Ende erkannte der Kommissar ihn an seiner Stimme. Als Glockner weiterging, stieß Tim hörbar die Luft aus. Da hatte er ja gerade noch mal Glück gehabt.

Willi hatte alles durch zwei Finger beobachtet. Erfreut griff er zum Walkie-Talkie. »Kein Problem«, gab er Entwarnung an Gaby und Karl. »Der Kommissar hat es auch geschluckt.« Er steckte sich ein Häppchen in den Mund. »Hier ist alles okay«, fügte er schmatzend hinzu.

Gaby und Karl atmeten auf. »Dann zum Auto«, sagte Gaby und die beiden schlichen zu Raimondos Pick-up. Dort holte Karl einen Peilsender aus seiner Jackentasche und klebte ihn unter die vordere Stoßstange. Sie wollten gerade abhauen, als Willi sie durch das Walkie-Talkie warnte: »Achtung, Amanda kommt. Deckung!«

Karl und Gaby sanken vor dem Auto in die Hocke. Mit ihrem Handy am Ohr kam Amanda näher. Sie sprach etwas in einer fremden Sprache, es klang wie Chinesisch. Dann setzte sie sich ins Auto. Karl und Gaby hielten den Atem an. Wollte Amanda etwa losfahren? Doch zum Glück beendete Amanda das Gespräch und stieg wieder aus. Sie hatte jetzt Raimondos Blindenstock in der Hand und lief damit wieder zum Haus zurück.

In der Villa hatte Frau Sauerlich mittlerweile alle Gäste in den Raum geführt, in dem die Séance stattfinden sollte. Draußen war es nun dunkel. Überall standen silberne Leuchter mit Kerzen, die ein magisches und geheimnisvolles Licht verbreiteten.

»Herzlich willkommen«, begann Frau Sauerlich mit leicht brüchiger Stimme.

Tim sah sich im Raum um. Vor ihnen auf dem Tisch brannten unzählige Kerzen, und Kärtchen gaben eine Sitzordnung vor. Tim stellte sich neben Raimondos und Amandas Plätze, während Frau Sauerlich fortfuhr: »Wie alle wissen, wurde mein Mann entführt. Wir werden natürlich auf die Forderungen der Entführer eingehen ...«

Wie zufällig ließ Tim sein Schnittchen fallen. »Ups!« Er blickte sich um, doch niemand schien Notiz von ihm zu nehmen. Nur Kommissar Glockner bemerkte stirnrunzelnd, dass die seltsame Frau mit den dunklen Locken sich plötzlich bückte.

Als Tim am Boden war, legte er zwei Folien für Schuhabdrücke vor die Stühle, die für Raimondo und Amanda vorgesehen waren.

»... Aber wir sollten auch unsere Kräfte nutzen, damit Hermann wohlbehalten zu uns zurückkehrt«, schloss Frau Sauerlich ihre Begrüßung. Dann hielt sie einen Moment inne. Blitze zuckten am Himmel auf. Draußen war ein Gewitter aufgezogen, als wollte es die geheime Sitzung untermalen.

»Wir wollen nun Kontakt zu Hermann aufnehmen«, sagte Frau Sauerlich. »Bitte nehmen Sie Platz.«

Alle Gäste begaben sich zu ihren Stühlen und setzten sich. Da leuchtete erneut ein Blitz auf und erhellte für einen kurzen Augenblick zwei Gestalten, die im Wintergarten erschienen waren. »Raimondo, der Seher, und sein Medium Amanda!«, rief Frau Sauerlich feierlich aus.

Amanda hatte Raimondo am Arm gefasst. Er trug wieder seine Sonnenbrille und war in ein weites, orangefarbenes Gewand gehüllt. Um seinen Hals hing schweres orientalisches Geschmeide.

»Bitte helfen Sie uns«, bat Frau Sauerlich den blinden Seher. »Wie geht es meinem Mann? Wo befindet er sich?«

Für einige Sekunden war es totenstill im Raum. Dann ertönte Raimondos rostige Stimme. »Fremde sind hier!«, schnarrte er und hob dabei drohend seinen Stock.

Tim durchzuckte es. War das nun die Enttarnung?

»Ja«, sagte Frau Sauerlich schnell. »Herr Kramer, ein Freund der Familie, und Frau Timothea Müller, die sich ebenfalls sehr für Spiritismus interessiert. Eine persönliche Empfehlung von Lord Lonski.«

Der ältere Herr neben Tim schüttelte erstaunt den Kopf. »Wieso Empfehlung? Von mir?«

Das war's dann wohl, dachte Tim und wäre am liebsten im Erdboden versunken. Wer konnte schon ahnen, dass Lord Lonski persönlich anwesend sein würde?

Doch zum Glück schien niemand aus der Runde Lord Lonski so recht ernst zu nehmen, denn Raimondo machte nur: »Pscht!« Und damit war die Sache erledigt.

»Der Meister will beginnen«, erklärte Amanda.

Im Sicherheitsraum sprach Willi währenddessen zu Gaby und Karl ins Walkie-Talkie: »Sie sind jetzt alle im Wintergarten, ihr könnt hochkommen. Die Show beginnt. Over.«

Kaum hatte er das gesagt, schlichen Karl und Gaby ins Haus hinein. Vor der Garderobe der Gäste blieben sie stehen. Gaby zeigte auf eine braune Tasche. »Das ist Raimondos Tasche«, flüsterte sie und drückte Karl ihr Walkie-Talkie in die Hand. Dann durchsuchte sie mit flinken Fingern die Tasche. Bald schon hatte sie Raimondos Portemonnaie hervorgeholt. Ohne zu zögern, blickte sie hinein und holte eine Kreditkarte hervor. »Der Typ heißt gar nicht Raimondo«, stellte sie verblüfft fest, »sondern Otto Biersack.«

Im Wintergarten hatte inzwischen die Séance begonnen. »Schließt den Kreis!«, befahl Raimondo und nun betraten Amanda und er endlich den Raum.

Zufrieden stellte Tim fest, dass Amanda dabei auf ihre Folie trat, während Raimondo über seine hinwegschritt. Langsam näherte er sich dem Tisch und hielt plötzlich inne. Er schnappte nach Luft. »Da ist er!«, flüsterte er. »Ich kann ihn sehen!«

»Oh!«, entfuhr es Frau Sauerlich mit einem Schluchzer.

Raimondo drehte sich nach allen Seiten, so als folge er dem Geist von Hermann Sauerlich. Schnell fasste Amanda ihn beim Arm und führte ihn zur Tür zurück. Wieder trat Raimondo nicht auf seine Folie. »Er sagt ...« Raimondo stockte und sah zum Fenster, als schwebe Hermann bereits wieder davon.

»Was sagt er?«, rief Frau Sauerlich aufgelöst.

Raimondo drehte sich um. Während Amanda an der Türschwelle stehen blieb, ging Raimondo schwerfällig auf seinen Stock gestützt zum Tisch zurück. Wieder trat er nicht auf die Folie. Alle hingen nun an seinen Lippen, die bebend anfingen zu sprechen. »Er sagt ...«, er machte eine bedächtige Pause, »Sie sollen keine Angst haben, Erna.«

Erna Sauerlich schluchzte vor Erleichterung laut auf.

Im Sicherheitsraum verschlang Willi ein Schnittchen nach dem anderen und schaute über den Monitor gebannt dem Treiben zu. Doch plötzlich verspürte er ein unwohles Rumoren im Bauch. Was war das? Ahnungsvoll nahm Willi ein Schnittchen und hob die Oberseite ab. Als er eine grüne Creme darin entdeckte, riss er die Augen auf. »Avocado!«, flüsterte er angewidert, und nun wusste er, woher die Bauchschmerzen kamen. Er war doch allergisch gegen Avocado! Sofort stürzte Willi zur Toilette und ließ sich erleichtert auf die Klobrille fallen. Das Walkie-Talkie nahm er selbstverständlich mit, schließlich wollte er nichts verpassen.

»Ja, wir sind ihm nahe«, sprach Raimondo mit bedeutungsvoller Stimme. »Wo bist du?« Langsam zog er seine Brille ab und starrte ins Leere. »Gleich weiß ich, wo er ist.«

»Hermann!«, rief Frau Sauerlich immer wieder.

Plötzlich ertönte ein lang anhaltender Furz aus dem Walkie-Talkie, das Tim in seiner Handtasche hatte. Oh nein, was war das denn nun schon wieder?

»Hermann!«, schrie Erna Sauerlich, als hätte sie ihren Mann eindeutig an diesem Furz erkannt.

»Ein Zeichen!«, keuchte Raimondo und stolperte rückwärts zu Amanda. »Ahhh!« Raimondo fiel nach hinten und wurde von Amanda gestützt.

»Die Séance ist beendet!«, rief sie scharf und wandte sich wieder Raimondo zu. »Meister?«

Ihr Meister rappelte sich auf und stapfte noch einmal auf den Tisch mit den erstarrten Teilnehmern der Séance zu. »Es tut mir so leid«, sagte er zu Erna Sauerlich. »Aber wir werden auf ein neues Energiefenster warten müssen. Ein besseres.«

»Danke!«, stammelte Frau Sauerlich.

Dann verließ Raimondo den Raum und trat nun endlich auf die Folie.

Willi, der inzwischen von der Toilette zurück war, ballte die Faust vor der Monitorwand. »Yes«, sagte er und nahm das Walkie-Talkie. »Tim hat die Abdrücke. Okay, Leute. Treffen morgen im Hauptquartier zum Abgleich. Over and out!«

Karl und Gaby standen noch immer bei der Garderobe. Sie hatten sich zwischen den Jacken versteckt, da eine Bedienstete mit einem Tablett voller Schnittchen durch den Flur gelaufen war. Als sie Willis Nachricht hörten, jubelten sie leise. Vor Freude fiel Gaby Karl sogar um den Hals.

Das war zu viel für Karl. Er erstarrte zur Salzsäule und sah

Gaby mit großen Augen an. Noch nie hatte ein Mädchen, schon gar nicht so ein tolles, ihn umarmt. Karl fühlte sich wie im siebten Himmel, während Gaby nichts davon bemerkte. »Roger and over!«, flüsterte sie in ihr Walkie-Talkie zurück.

An diesem Abend hatte Tim Glück. Als er durch das Fenster ins *Adlernest* kletterte, war dort kein Pauling. Diesmal hatte Tim ja auch vorgesorgt und sich von Karl eine täuschend echte Schlafattrappe bauen lassen. Eine Maske, die ihm im Dunkeln durchaus ähnlich sah, lugte unter der Bettdecke hervor. Darunter hob und senkte sich ein batteriebetriebener Blasebalg, und von einem Kassettenrekorder ertönten Atemgeräusche. Einfach genial.

Tim schaltete den Kassettenrekorder aus. »Danke, Karl!«, sagte er grinsend. Dann setzte er sich auf das Bett gegenüber. Vorsichtig holte er die Folien mit den Fußabdrücken aus seinem Rucksack und legte sie in das Buch über die Kampfkunst der Shaolong-Mönche. Bevor er das Buch aus der Hand legte, besann er sich und blätterte noch ein wenig darin. Die Kampfkunst mit ihren feinen Bewegungsabläufen und Schlagabfolgen faszinierte ihn einfach. Wenn er das doch auch könnte!

10. Kapitel

Am nächsten Morgen übte Tim in aller Frühe die Bewegungsabläufe der Shaolong auf einer Wiese in der Nähe des Internats. Er hatte sie sich in der Nacht so gut eingeprägt, dass es schon ganz gut klappte. Wie so oft hatte er seine Kopfhörer auf den Ohren, damit ihn nichts ablenken konnte.

Das begeisterte »Wow!« von Pauling hörte er dann aber doch. Tim drehte sich um und nahm die Kopfhörer ab.

Sein Lehrer kam gerade vom Joggen und stand schnaufend, aber strahlend vor ihm. »Was machst du denn da?«, fragte Pauling gespannt.

»Ich versuche zu verstehen, wie diese Kampftechnik funktioniert«, erwiderte Tim.

»Aber der beste Kampf ist doch der, den man nicht führt«, entgegnete Pauling.

Tim lächelte verlegen. »Ja, stimmt schon. Da geht es mehr so ums Ausweichen.«

Pauling nickte und atmete tief durch. »Okay. Scheint dir auf jeden Fall gutzutun. Man merkt, dass du hier langsam ankommst. Das freut mich sehr.«

»Danke«, antwortete Tim.

»Mach weiter so«, fügte Pauling hinzu, dann grinste er. »Kleines Wettrennen?«

Sekunden später rannten die beiden nebeneinander über die Wiese zum Internat.

Die ersten Schulstunden kamen Tim heute extrem lang vor. Er konnte die Pause kaum abwarten.

Auf dem Schulhof traf er Gaby und sie gingen zusammen zum Hauptquartier.

»Hast du die Schuhabdrücke?«, fragte Gaby.

»Äh, ja«, antwortete Tim und deutete auf seinen Rucksack. »Und wie lief es bei dir gestern noch?«, erkundigte er sich.

Gaby grinste. »So toll war dein Auftritt als Timothea anscheinend nicht.«

»Wieso?« Tim blieb stehen. »Hat dein Vater was bemerkt?«

Auch Gaby hielt an. »Vielleicht schon«, erwiderte sie. »Wenn der wüsste, dass ich dabei war, würde er komplett durchdrehen.«

»Findet er es nicht cool, dass du Polizistin spielst?«, fragte Tim leicht ironisch.

»Nee«, entgegnete Gaby sofort. »Ich glaube, er hat Angst, dass die musikalische Seite von meiner Mutter zu kurz kommt.«

Tim lächelte. »Und was sagt deine Mutter dazu?«

»Keine Ahnung«, erwiderte Gaby achselzuckend. »Sie lebt jetzt mit ihrer neuen Familie in Hannover.«

Da wurde Tim ernst. »Oh«, erwiderte betrübt.

»Na ja«, antwortete Gaby schnell. »Irgendjemand musste hierbleiben und auf meinen Vater aufpassen.« Als Tim grinste, fuhr sie fort: »Aber jetzt klammert er total. Und er hat mir lauter Fragen zu dir gestellt.«

»Zu mir?«, erwiderte Tim leicht verunsichert. »Und konntest du die beantworten?«

Gaby ließ sich ein wenig länger als normal Zeit mit ihrer Antwort und schaute Tim dabei an. Dann wandte sie sich plötzlich ab und ging weiter. »Wenn es nach ihm ginge, sollte ich mich lieber wieder mit meinen alten Freunden treffen«, meinte sie.

Schnell kam Tim ihr hinterher. »Und wenn es nach dir geht?«, fragte er gespannt.

Gaby grinste ihn an. »Es geht immer nach mir«, antwortete sie und blinzelte in die Sonne.

Willi und Karl hatten sich schon im Hauptquartier auf dem Dachboden eingefunden. Wie ein Profi tippte Karl auf seinem Laptop herum. »Da wollen wir doch mal sehen, wo uns der Peilsender hinführt«, meinte er lächelnd zu Willi.

Als die Installation des Peilsenders in Gange war, blickten sich die beiden zufrieden an. »Ich schau mal, wo die anderen beiden bleiben«, sagte Willi und ging zum Fenster. Er sah Gaby und Tim, wie sie in ihr Gespräch vertieft über den Schulhof schlenderten. »Da sind sie ja«, murmelte er vor sich hin und drehte sich um. »Die Abdrücke sind gleich da«, sagte er zu Karl.

»Findest du auch, dass Gaby und Tim komisch sind?«, fragte Karl mit einem Mal.

»Nee.« Willi kam zu Karls Schreibtisch. »Wieso?«

»Na, wie Gaby sich immer am Hals kratzt!« Karl machte es vor und rieb sich leicht mit dem Zeigefinger in seinem Nacken. Dann ließ er die Arme baumeln. »Und Tim schlackert immer so komisch mit den Armen. Und dann grinsen die immer so!«

Willi lachte genüsslich. »Das, Karl, ist die schönste Sache der Welt.«

»Und was soll das sein?«, entgegnete Karl verständnislos.

Kopfschüttelnd blickte Willi ihn an. Karl hatte ja echt keine Ahnung. »Na, die Liebe!«, erwiderte er altklug.

Über Karls Gesicht legte sich ein Schatten. »Ach so«, sagte er und versuchte, sich die Enttäuschung nicht anmerken zu lassen.

»Auch ich trage viel Liebe in mir«, meinte Willi und zog eine Tafel Schokolade hervor. »Zur Nuss-Nugat-Mischung zum Beispiel.«

Karl wollte nach der Schokolade greifen. Eine süße Stärkung nach dieser herben Nachricht konnte er gut vertragen. Doch Willi zog die Schokolade weg.

»'tschuldigung, Karl«, sagte er und wickelte die Tafel aus. »Aber ich habe vor Stress in letzter Zeit kaum was runterbekommen. Ich bin schon ganz abgemagert.« Er sah an sich hinunter. Doch dann grinste er und hielt Karl doch ein Stück Schokolade hin.

In diesem Moment stürmten Tim und Gaby auf den Dachboden. »Hi!«, riefen sie fröhlich.

»Da seid ihr ja endlich!«, begrüßte Willi sie freudig.

Tim holte die Folien mit den Schuhabdrücken aus seinem Rucksack. Nachdem sie jeden Abdruck auf ein Blatt Papier übertragen hatten, hängte Gaby sie neben die anderen Schuhabdrücke, die sie in den letzten Tagen bereits vom Hauspersonal der Sauerlichs und der Geschäftspartnerin Linda Mauser gesammelt hatten. Eine ganze Weile verglichen sie die beiden neuen Spuren mit dem Abdruck vom Lieferwagen. Ganz genau schauten sie hin, aber nicht einmal der kleine Riss, den Gaby beim Abdruck auf dem Lieferwagen entdeckt hatte, war irgendwo zu sehen. »Kein Treffer«, sagte sie enttäuscht.

»Mist!«, fluchte Willi.

»Das darf doch jetzt nicht wahr sein«, stöhnte auch Tim.

Nur Karl war am Schreibtisch sitzen geblieben und starrte auf seinen Laptop. Die Installation des Peilsenders war inzwischen abgeschlossen und er empfing ein Signal. Und dieses Signal war mehr als erleuchtend.

»Stick ...«, murmelte er aufgeregt und musste erst mal sein Asthmaspray inhalieren. »Stick!«, wiederholte er begeistert und die anderen drei stürzten zum Schreibtisch und schauten auf den Bildschirm seines Computers.

Dann riefen sie nahezu gleichzeitig aus: »Stickhausen!«

»Ja!«, rief Karl. »Die beiden wohnen in Stickhausen.«

»Na und?«, meinte Willi verständnislos.

»Mann, Willi, *Stick*!«, wiederholte Gaby vielsagend.

»Das hat dein Vater doch in den Wagen geritzt«, fügte Tim erklärend hinzu.

Jetzt kapierte Willi es auch. »Krass! Dann verstecken sie ihn dort!«

Kurz darauf schwangen sich die vier auf ihre Räder und rasten, so schnell sie konnten, durch die Felder nach Stickhausen. Karl verfolgte auf seinem Handy den Peilsender. Es dauerte eine ganze Weile, aber schließlich kamen sie bei besagtem Haus an. Es war ein verfallenes, altes Anwesen, das einst reichen Landwirten gehört haben mochte. Tim, Karl, Willi und

Gaby versteckten sich hinter einem verwitterten Traktor und beobachteten das Haus.

Plötzlich trat Amanda heraus. Sie sah komplett verändert aus. Ihre kurzen, blonden Haare waren offensichtlich eine Perücke gewesen, denn nun hatte sie lange, schwarze Haare und wirkte total natürlich.

»Amanda?«, flüsterte Willi pikiert.

Amanda telefonierte wieder in der fremden Sprache, die Gaby und Karl schon einmal gehört hatten. »Was ist das denn für eine Sprache?«, rätselte Gaby.

Diesmal zückte Karl sein Handy und nahm sie einfach auf. Amanda ging zum Pick-up, stieg ein und brauste davon.

Schnell ließ Karl die Sprache mit einer App analysieren.

»Und?«, fragte Willi gespannt.

»Das ist Haka«, erklärte Karl verwundert.

Die anderen sahen ihn fragend an. »Na, der von den Mönchen des Shaolong-Klosters gesprochene Dialekt des Mandarin«, berichtete Karl etwas ungeduldig.

»Krass, das könnte das Motiv sein!«, meinte Tim.

»Ja, genau!« Karl nickte eifrig. Nur Willi schien noch nicht zu verstehen.

»Der *Himmelswächter* ist doch für die Shaolong ein Heiligtum«, erläuterte Tim ihm. »Und dieser Kampfstil bei der Entführung sah genauso aus wie der der Shaolong.«

»Wir sind ganz dicht dran!«, rief Willi nun aus und zeigte auf das alte Haus. »Papa und Georg müssen da drin sein!«

Gaby nickte. »Okay, wir müssen ins Haus, bevor Amanda wiederkommt.«

Sie schlichen sich von der Hinterseite an das Anwesen heran. Doch plötzlich stoppte Tim und zeigte geradeaus. Vor ihnen im Garten sonnte sich Raimondo in einem Liegestuhl. Auf dem kleinen Tisch neben ihm lagen ein Schlüsselbund und eine Zeitung.

»Wozu eigentlich eine Zeitung?«, fragte Karl irritiert.

»Vielleicht hat Amanda ihm daraus vorgelesen«, antwortete Gaby leise.

»Okay, schnell rein, bevor Amanda wiederkommt!«, flüsterte Tim und trieb die anderen ins Haus hinein.

Drinnen schepperte ihnen aus Lautsprechern chinesische Musik entgegen, so wie man es aus asiatischen Restaurants kannte. Es war recht dunkel, nur spärlich fiel Tageslicht durch die Fenster herein. Durch einen hölzernen Perlenvorhang betraten sie ein Zimmer, das wohl das Wohnzimmer sein sollte. Es war vollgestopft mit allem möglichen Kram, vor allem aber asiatischen Dingen. Auf den Fensterscheiben waren sogar chinesische Schriftzeichen aufgemalt.

Die vier gingen durch alle Räume, klopften Wände ab und untersuchten die Regale. In der Küche fand Tim weitere asiatische Gewänder und Masken. »Buh!«, machte es da hinter ihm. Willi hatte sich eine der Masken aufgesetzt.

»Lass den Quatsch!«, fuhr Tim ihn leise an. »Pack mal lieber mit an.«

In diesem Moment rief Gaby aus dem Nebenzimmer: »Leute, ich glaube, ich hab was gefunden!«

Schnell liefen Tim und Willi hinüber. Gaby und Karl knieten im Wohnzimmer auf dem Boden vor einer Falltür, die sie unter einem Teppich verborgen gefunden hatten. Doch sosehr sie auch daran rüttelten, die Tür blieb verschlossen.

»Gaby und ich holen den Schlüssel«, entschied Tim. »Der liegt neben Raimondos Liegestuhl.«

»Und was machen wir inzwischen?«, fragte Willi etwas genervt. Er konnte es nicht leiden, wenn Tim sich als Anführer aufspielte.

Tim setzte seinen Rucksack ab und stellte ihn neben Karl und Willi. »Ihr wartet hier«, antwortete er knapp, aber bestimmt.

»Oh nee«, stöhnte Willi. »Bei dem Gedudel bekomme ich Appetit auf Ente süßsauer.«

»Probier's zu genießen«, antwortete Tim achselzuckend und ging mit Gaby nach draußen.

»Aye, aye, Häuptling!«, rief Willi ihm ironisch hinterher.

»Ich bewache den Eingang von innen«, meinte Karl.

Gelangweilt saßen Willi und Karl vor der Falltür. »Komm, schauen wir uns mal ein bisschen um«, sagte Willi schließlich.

»Das hat der *Chef* uns doch verboten«, erwiderte Karl spöttisch.

»Ach, der soll sich mal nicht so aufspielen«, meinte Willi und stand auf.

Da erhob sich auch Karl und sah sich im vollgestopften Wohnzimmer um. Auf einem Tisch direkt unter einem Bonsaibäumchen fand er ein Buch. »Die Weisheit der Shaolong«, las er den Titel und blätterte interessiert durch die Seiten. Sein Blick blieb an einem Spruch hängen. »Wo die Elster einmal geguckt hat, sucht sie nicht mehr«, sagte er laut zu Willi, der ihm jedoch nicht zuhörte.

Er hatte nämlich eine Kassette mit chinesischer Musik gefunden und wedelte damit vor Karls Nase herum. »Hier, eine kleine Überraschung für unseren großen Häuptling«, sagte er grinsend und tauschte das Mixtape in Tims Walkman gegen die Kassette aus.

Karl lachte. »Genau, soll der das China-Gedudel doch genießen.« Er hielt Willi die flache Hand hin. Zuerst bemerkte Willi es nicht, doch dann schlug er ein. Damit machte er Karl, der noch nie richtige Freunde gehabt hatte, sehr glücklich.

Gaby und Tim waren in der Zwischenzeit nach draußen gegangen. Vorsichtig gingen sie in die Hocke und beobachteten Raimondos Liegestuhl. Da knurrte es plötzlich hinter ihnen. Als sie sich umdrehten, erkannten sie Oskar, den schwarz-weißen Cockerspaniel.

»Bitte nicht bellen«, flehte Tim im Flüsterton. Er sah sich um, doch Raimondo hatte nichts bemerkt. »Ich hoffe, das läuft wie auf der Wache«, meinte Tim.

»Ein Würstchen habe ich gerade nicht dabei«, erwiderte Gaby skeptisch.

In diesem Moment stürmte Oskar auf Gaby zu und leckte ihr überschwänglich das Gesicht ab. Gaby zog eine Grimasse und konnte sich gerade so verkneifen, angeekelt aufzukreischen. »Ich hasse Hunde«, wisperte sie nur.

Jetzt begann Oskar zu bellen. Doch als Gaby einen Finger an die Lippen legte, war er sofort still und legte eine Pfote auf ihr Knie.

Tim kicherte leise. »Vielleicht sollten wir dich Gaby, ›die Pfote‹, nennen.«

Gaby verdrehte die Augen. »Sehr witzig.«

Tim stand auf und machte Anstalten, sich Raimondos Liegestuhl zu nähern.

»Und wenn er aufwacht?«, flüsterte Gaby hinter ihm.

»Dann kann er mich ja trotzdem nicht sehen«, gab Tim leise zurück. Lautlos setzte er einen Fuß vor den anderen, während Gaby bei Oskar wartete und aufpasste, dass der Hund nicht noch einmal bellte.

Nun war Tim ganz nah an dem kleinen Tischchen neben Raimondo. Der blinde Seher schien noch immer tief und fest zu schlafen, er atmete ganz gleichmäßig. Vorsichtig streckte Tim die Hand nach dem Schlüsselbund aus. Doch genau in dem Moment, als er danach greifen wollte, schnappte Raimondos Hand nach vorn und packte Tims Handgelenk.

»Spinnst du?« Raimondo schob seine Sonnenbrille ins Haar. Nun konnte Tim seine Augen sehen: Sie waren nicht milchig bleich, sondern blickten ihm klar entgegen.

Willi und Karl waren unterdessen weiter durch das Haus gestreift. In der Küche entdeckte Karl plötzlich ein Kästchen mit Kontaktlinsen. Sie waren weiß und milchig und erinnerten an die Augen eines Blinden. »Willi!«, rief Karl und hielt eine der Kontaktlinsen in die Höhe.

Ausnahmsweise kapierte Willi es sofort. »Der ist gar nicht blind?«, fragte er entsetzt.

11. Kapitel

Vor dem Haus bremste in diesem Moment geräuschvoll der Pick-up von Amanda. Sie hatte etwas vergessen und war deshalb früher als erwartet zurückgekommen.

Willi stürmte zur Tür hinaus. Er musste unbedingt Gaby und Tim warnen. »Der ist gar nicht blind!«, rief er leise zu Gaby, die noch mit Oskar vor dem Haus stand.

Doch es war zu spät. »Willi?«, fragte Amanda verwundert. »Was machst du denn hier?«

»Die sind hier eingebrochen!«, rief Raimondo, der nun mit Tim im Schlepptau aus dem Garten kam.

»Was?« Amanda konnte es kaum glauben. »Weiß deine Mutter, dass du hier bist?« Sie ging zu Raimondo hinüber.

»Was? Seit Wochen seid ihr in unserem Haus und zockt meine Mutter ab!«, schimpfte Willi aufgebracht. »Das ist doch Betrug, den Blinden spielen und so.«

»Betrüger? Wir?«, erwiderte Raimondo hämisch und gab Tim einen unsanften Schubs, sodass dieser zu seinen Freunden stolperte. »Ihr seid doch hier eingebrochen!«

»Ich rufe jetzt die Polizei«, meinte Amanda und zückte ihr Handy.

»Ja, es ist gut, wenn die Polizei bei der Hausdurchsuchung dabei ist«, erwiderte Tim herausfordernd.

»Hausdurchsuchung?« Amanda sah kurz zu Raimondo. »Was wollt ihr denn hier finden?«, fragte dieser.

»Meinen Vater!«, antwortete Willi heftig.

Jetzt sahen sich Raimondo und Amanda verdutzt an. Eine Weile sagte keiner etwas, dann fing Raimondo plötzlich an zu prusten. Auch Amanda verzog das Gesicht zu einem Grinsen. Dann platzte aus beiden lautes Gelächter heraus. Sie lachten, bis ihnen fast die Tränen kamen. »Echt witzig!«, röchelten sie. Amanda wedelte mit den Händen und Raimondo hielt sich vor Lachen den Bauch. »Aua!«

Trotz ihres Lachanfalls rief Amanda die Polizei und wenig später kam Kommissar Glockner mit seinem Assistenten Bienert und drei weiteren Polizisten. Sie alle standen mit den Kindern sowie Amanda und Raimondo im Wohnzimmer vor der verschlossenen Bodenklappe.

»Da unten muss er sein!«, sagte Willi überzeugt.

Amanda und Raimondo zuckten scheinbar ahnungslos mit den Schultern und schauten drein, als könnten sie kein Wässerchen trüben. »Die beiden wohnen in Stickhausen«, ereiferte sich Willi weiter, damit der Kommissar ihm endlich glaubte. »Verstehen Sie? *Stick*! Das hat mein Vater ja auch in den Wagen geritzt.«

»Und Amanda kommt in Wirklichkeit aus Dengfeng in China«, kam Gaby ihm zur Hilfe und stellte sich demonstrativ an Willis Seite.

»Sie spricht den Haka-Dialekt«, fügte Karl hinzu und Tim ergänzte: »In Dengfeng ist der Shaolong-Tempel, für dessen Anhänger der *Himmelswächter* ein Heiligtum ist.«

»Jaja, das weiß ich doch alles längst«, antwortete Glockner etwas unwirsch. »Ich habe Frau Shanshan und Herrn Biersack natürlich befragt. Sie haben merkwürdige Berufspraktiken, aber es liegt nichts gegen sie vor.«

Nun redeten Willi, Gaby, Karl und Tim wild durcheinander. »Das ist doch alles nur Show!«, meinte Tim abfällig.

»Mein Vater und Georg müssen da unten drin sein!«, schrie Willi aufgebracht.

Kommissar Glockner hob beschwichtigend die Hände. »Pscht!«, machte er und sorgte augenblicklich dafür, dass die vier Kinder verstummten. Dann schaute er zu Amanda und Raimondo. »Entschuldigung, aber haben Sie einen Schlüssel für die Klappe?«, fragte er.

»Nee!« Raimondo schüttelte den Kopf. »Ich war ja selbst auch noch nie da unten, Herr Kommissar.«

Gaby, Tim, Karl und Willi glaubten ihm kein Wort. Auch Glockner war sich nun nicht mehr so sicher, was an Raimondos Aussagen dran war. Bienert war schon zur Stelle und drückte seinem Chef ein Brecheisen in die Hand. »Dürfen wir?«, fragte Glockner und hielt leicht grinsend das Brecheisen in die Höhe.

»Selbstverständlich! Nur zu«, erwiderte Amanda und wirkte fast schon belustigt.

Die wird ihr blaues Wunder erleben, dachte Tim.

Glockner gab Bienert das Brecheisen zurück. »Na, dann wollen wir mal«, sagte dieser überheblich und machte sich an die Arbeit. Leider vergeblich. »Uff. Keine Chance«, stöhnte er nach einer Weile bedauernd. »Um da reinzukommen, brauchen wir mindestens einen Strongarmbohrer mit Wolframkarbidspitze«, meinte er.

Glockner zog hörbar die Luft ein. Er wollte gerade mit seinem tollpatschigen Assistenten Bienert losschimpfen, da hatte Gaby sich bereits gebückt und das Schloss mit einer Haarnadel bearbeitet. »Offen!«, sagte sie schnippisch. »Von Harry gelernt.«

Ihr Vater konnte sich ein Grinsen nicht verkneifen. Es war ihm anzusehen, wie stolz er auf seine Tochter war. Doch dann wurde er schnell wieder ernst.

»Abflug!«, sagte er zu Bienert und ging in die Hocke. Langsam öffnete er die Bodenklappe. Alle, selbst Amanda und Raimondo, beugten sich gespannt über die Öffnung im Boden. Doch wie enttäuscht waren Gaby, Tim, Karl und vor allem Willi, als sie unten nur ein leeres Kellerloch erblickten.

»Es tut mir leid, aber wir mussten der Sache nachgehen«, entschuldigte sich Glockner bei Raimondo und Amanda.

»Kein Problem, Herr Kommissar«, erwiderte Raimondo mit unschuldigem Lächeln. »Sie wissen ja, Sie können auf unsere volle Kooperation zählen!«

Willi konnte es immer noch nicht fassen. »Aber das sind doch Betrüger!«, rief er verzweifelt.

»Wieso Betrüger?«, fuhr Raimondo ihn nun alles andere als freundlich an. »Dass Raimondo blind ist, ist zwar ein Fake, aber so was wollen die Leute sehen, heutzutage.«

»Und es bringt mehr Geld ein, als sich als Yogalehrer durchzuschlagen«, fügte Amanda hinzu.

»Genau!« Raimondo machte einen Schritt auf Willi zu. »Vor allem manche Mütter aus der Society sind ganz versessen darauf«, sagte er gehässig. »Vor allem die um die 40.«

Beschämt guckte Willi zu Boden. Gaby schnappte nach Luft. »Das ist vielleicht nicht illegal, aber es ist einfach falsch!«

»Und was machen Sie hier?«, wandte sich Tim nun an Amanda. »Sie sind doch aus Dengfeng. Da, wo der Tempel steht.«

»Das ist richtig«, erwiderte Amanda. »Aber ich habe nichts mit Religion am Hut. Ich bin nur meiner großen Liebe gefolgt.« Mit einem warmen Blick auf Raimondo fuhr sie fort: »Otto ist durch ganz Asien gereist. Mit seinem Rucksack.«

»Ja, und da hab ich nicht nur den Kontinent entdeckt.« Otto alias Raimondo grinste über beide Ohren und legte seine Arme um Amanda.

»Ist das jetzt auch schon verboten?«, fragte Amanda triumphierend. Dann gaben Raimondo und sie sich einen langen Kuss.

Angewidert verdrehten Willi, Gaby, Tim und Karl ihre Augen. Auch Kommissar Glockner hatte anscheinend keine Lust, sich die Knutscherei länger anzutun. »Ich übernehme ab hier«, sagte er schnell und wandte sich an die Kinder. »Los, mitkommen!«, befahl er streng.

Geknickt stapften die vier Freunde hinter Gabys Vater her.

»Tschüs, Sherlock Holmes«, meinte Raimondo feixend zu Willi, und Amanda winkte hämisch. Dann drehten sie sich lachend weg.

Kurz darauf brauste Glockners Dienstwagen über die Landstraße. »Woher wusstet ihr überhaupt, dass da *Stick* hinten im Wagen steht?«, fragte Glockner mit einem Blick nach hinten.

Willi, Tim und Karl saßen auf dem Rücksitz, während Gaby vorne neben ihrem Vater Platz genommen hatte. Alle schwiegen betreten, denn es war Kommissar Glockner anzuhören, wie sauer er war. »Gaby, bei der Séance, warst du da etwa auch dabei?«, fragte er scharf.

Gaby sah aus dem Fenster, und noch ehe sie sich etwas überlegen konnte, antwortete Tim hastig: »Nein, da war nur ich ganz allein.«

Natürlich glaubte Glockner ihm nicht, er schnaubte. »Wir fahren jetzt in die Schule und klären das. Es kann echt nicht sein, dass ihr da dauernd abhaut und so einen Mist baut.«

Mit einem kurzen Blick in Tims panisches Gesicht, flehte Gaby: »Bitte nicht in die Schule, Papa!«

»Mann, die haben da eine Aufsichtspflicht!«, schimpfte ihr Vater wutentbrannt. »Das geht alles überhaupt nicht. Und das hat jetzt ein Ende«, meinte er entschlossen und trat aufs Gaspedal.

Die Standpauke im Internat ließ nicht auf sich warten. Natürlich war Direktorin Müller-Borello sehr verärgert über das Verhalten ihrer vier Schüler. Sie hatte alle in ihr Büro zitiert. Außer Kommissar Glockner war auch noch Lehrer Pauling anwesend.

Karl, Willi, Tim und Gaby saßen wie auf der Anklagebank in einer Reihe vor dem Schreibtisch der Direktorin. »Ihr denkt wohl, ihr seid ein tolles Team, Profis in spe oder so was«, begann Frau Müller-Borello ruhig, doch ihre Stimme wurde schnell lauter. »Aber die Wahrheit ist: Ihr vier tut einander offensichtlich überhaupt nicht gut!«

Nun ereiferten sich die vier gleichzeitig, ihr das Gegenteil zu versichern.

»Mann, das stimmt nicht!«, rief Willi.

»Wir haben total viel herausgefunden«, meinte Karl.

»Wir wollten doch nur helfen«, kam von Gaby, und Tim sagte: »Sie liegen total falsch mit Georg!«

Kommissar Glockner unterbrach sie barsch: »Eigentlich darf ich euch das gar nicht sagen. Aber der Fußabdruck auf dem Lieferwagen war eindeutig von Georg.«

»Was?« Willi sah ihn ungläubig an.

»Wir haben eine Plastiktüte mit der Kleidung und den Schuhen, die beim Überfall getragen wurden, in seiner Angelhütte gefunden«, fuhr Glockner fort. »Außerdem war der Erpresseranruf von ihm. Das hat ein Sprachlabor eindeutig nachgewiesen.« Die Kinder schwiegen betroffen. »Eigentlich hättest du das ja wissen müssen, Willi«, setzte Glockner nun eins obendrauf. »Schließlich hast du den Anruf mitgehört.«

Willi senkte den Kopf und die anderen drei blickten verblüfft zu ihm. »Du hast Georgs Stimme gehört?«, hakte Tim irritiert nach.

Willi zögerte kurz. Noch immer konnte er nicht glauben, dass Georg der Täter sein sollte. »Das hat sich vielleicht so angehört wie er ...«, begann er.

»Willi, das kann jetzt echt nicht dein Ernst sein«, unterbrach Gaby ihn fassungslos.

»Das hättest du uns sagen müssen«, meinte auch Karl.

»Leute!«, rief Kommissar Glockner wütend. »Wir sind an einem wichtigen Punkt in den Verhandlungen mit den Entführern. Da darf uns jetzt einfach niemand dazwischenfunken!«

»Mensch, was ist denn da los bei euch?«, schaltete sich nun auch Pauling mit etwas sanfterer Stimme ein. »Karl, du warst mal mein bester Schüler, jetzt sind deine Noten völlig im Keller. Und was ist mit *Jugend forscht*?« Er sah zu Gaby hinüber. »Und Gaby, wie ich höre, gehst du gar nicht mehr zu den Bandproben, dabei hast du in zwei Wochen deinen Auftritt beim Schulfest. Leute, was ist denn das?«

»Willi!«, meinte nun Direktorin Müller-Borello. »Du hast schon genügend Schulen verlassen müssen, um zu wissen, was für dich auf dem Spiel steht. Aber du befindest dich natürlich in einer speziellen Situation«, fügte sie etwas milder hinzu.

»Spezielle Situation?«, wiederholte Tim, der immer noch entrüstet war. »Du hast uns angelogen!«, schleuderte er Willi entgegen.

Da verlor Frau Müller-Borello die Fassung. »Du bist jetzt einfach mal ruhig, Tim!«, schrie sie, beruhigte sich jedoch genauso schnell wieder. »Bei dir weiß ich wirklich nicht, was ich sagen soll«, meinte sie etwas gemäßigter. »Du scheinst dir einfach nicht im Klaren darüber zu sein, was für eine Möglichkeit wir dir hier eröffnet haben.«

»Tim«, begann Pauling nun, und Tim schwante Unheilvolles. »Wir haben so oft gesprochen. Wie oft habe ich dich verwarnt?«

Tim schloss kurz die Augen. Bitte nicht, flehte er innerlich, doch Pauling war nicht mehr zu bremsen. »Ich habe Ihnen nicht gemeldet, dass Tim sich nachts mehrfach vom Internat entfernt hat«, wandte Pauling sich an die Direktorin, die überrascht nach Luft schnappte. »Ich wollte ihm einfach diese Chance nicht verbauen«, versuchte er zu erklären.

Frau Müller-Borello seufzte tief. »Und wie sollen wir unter diesen Umständen ein so großzügiges Stipendium vor unseren Sponsoren rechtfertigen?« Es war mehr eine Feststellung denn eine Frage. Als niemand etwas sagte, schloss sie: »Um euch anderen drei die Chance zu geben, an eure alten Leistungen anzuknüpfen, also, bevor man euch als Bande erlebt hat, wirst du, Tim, mit sofortiger Wirkung suspendiert.«

Das war ein Schlag ins Gesicht. Tim ließ den Kopf hängen. Mit einem Mal schien alles zusammenzubrechen. Wie sollte er jemals seiner Mutter unter die Augen treten und ihr das alles erklären? Sie würde enttäuscht sein und das konnte er kaum ertragen. Gerade hatte er sich etwas eingelebt im Internat, hatte neue Freunde gefunden. Und nun war alles kaputt. Und Willi verstand er am allerwenigsten. Aber das tat jetzt wohl auch nichts mehr zur Sache.

Niedergeschlagen ging Tim auf sein Zimmer und begann, seine Sachen zusammenzupacken.

Willi kam ihm nach. »Tut mir leid«, druckste er verlegen herum.

Zornig stopfte Tim seine Klamotten in seinen Rucksack. »Warum hast du nichts von dem Anruf gesagt?«, schimpfte er.

»Dann hättet ihr bestimmt nicht mitgemacht«, versuchte Willi, sich zu verteidigen.

Doch das ließ Tim nicht gelten. »Deinetwegen fliege ich von der Schule, weil du nichts von dem Anruf gesagt hast!«

»So ist das nicht«, entgegnete Willi verzweifelt.

»Ach ja?« Tim schulterte seinen Rucksack. »Wie dann? Die ganzen Ermittlungen! Alles umsonst. Wegen dir!«

Willi schüttelte den Kopf. »Waren sie nicht! Ich bin mir sicher, dass Georg nicht ...«

Aber Tim ließ ihn nicht ausreden. »Weißt du was? Es wundert mich nicht, dass du keine Freunde hast«, sagte er kalt und drückte Willi sein Handy in die Hand.

Dann verließ er das *Adlernest* ohne ein Wort des Abschieds.

Auch Gaby und Karl waren traurig, dass Tim die Schule verlassen musste und ihre Bande damit gewaltsam aufgelöst wurde. Sie hatten nicht einmal richtig Zeit gehabt, sich von Tim zu verabschieden. Gaby wusste genau, dass er das sowieso nicht gewollt hätte. Traurig stieg sie zu ihrem Vater ins Auto und sah Tim nur noch einmal aus der Ferne über den Schulhof laufen.

Auch Karl hatte bekümmert vom Dachbodenfenster aus zugesehen, wie Tim den Schulhof verließ. Das erste Mal in seinem Leben hatte er so etwas wie Freunde gehabt, zumindest Leute, die ihn nicht fertiggemacht hatten. Eine Bande mit Hauptquartier! Und nun gehörte ihm der Dachboden wieder ganz allein. Karl seufzte und inhalierte einen tiefen Stoß seines Asthmasprays. Er würde nicht aufgeben!

Entschlossen setzte er sich an seinen Schreibtisch und begann, Notizen zu machen. Dann ordnete er die Bilder mit den

Schuhabdrücken neu. Er pinnte Bilder von Amanda und Raimondo und vom *Himmelswächter* an die Wand hinter sich. Außerdem schnitt er alle Zeitungsartikel über den Flugzeugabsturz aus. Mit roten Fäden zog er Verbindungen zwischen Personen und Ereignissen, bis eine richtige Detektiv-Collage entstanden war. Immer wieder schaute er zwischendurch auf den Monitor seines Computers, doch in Stickhausen tat sich nichts. Als es Abend wurde und Karl noch immer nichts Neues herausgefunden hatte, war er so erschöpft, dass er mit dem Kopf auf dem Schreibtisch einnickte.

Tim war inzwischen mit der S-Bahn nach Hause gefahren. Er stand im Laden seiner Mutter und traute sich nicht, zu ihr zu gehen.

Susanne Carsten schloss die Türen ab und löschte mit einer Fernbedienung sämtliche Lichter im Supermarkt. Da entdeckte sie ihren Sohn und blieb verwundert stehen. Keiner von beiden sagte etwas. Susanne Carsten kannte ihren Sohn zu gut. Ein Blick genügte und sie konnte sich denken, was los war. Anstatt ihm eine Standpauke zu halten, schloss sie Tim einfach in ihre Arme.

12. Kapitel

Aus Karls Laptop drang ein nerviger Piepton. Schlaftrunken hob er den Kopf und blickte verwirrt um sich. Es war schon Morgen und er war noch immer auf dem Dachboden. Sein Blick fiel auf den Bildschirm seines Laptops und plötzlich wurde er schlagartig wach. Schnell setzte er seine Brille auf. Es gab keinen Zweifel. Der Peilsender, also Raimondos Pick-up, bewegte sich direkt auf die alte Zementfabrik der Soiner Werke zu, in der sie schon einmal nach dem Absturz des Flugzeuges gewesen waren. »Wo die Elster einmal geguckt hat, sucht sie nicht mehr«, murmelte Karl. Nun verstand er den Spruch. Vermutlich dachten Raimondo und Amanda, dass sie in der Zementfabrik sicher waren, weil dort bereits alles von der Polizei abgesucht worden war. Aber da hatten sie nicht mit Karl gerechnet. Entschlossen sprang er auf, schnappte seine Jacke und hastete los.

Als er über den Schulhof lief, kamen ihm Ben und Lukas entgegen. Oh nein, die hatten ihm gerade noch gefehlt. »Ah, da kommt ja unser Gangmitglied«, feixte Ben.

Die beiden blieben direkt vor Karl stehen und versperrten ihm den Weg.

»Was ist mit unseren Hausaufgaben?«, fragte Lukas fordernd.

»Ja.« Ben nickte. »Falls es dir nämlich noch nicht aufgefallen sein sollte: Eure *Bande* gibt es nicht mehr! Also los!« Er hielt die Hand auf.

Karl überlegte kurz. »Nein!«, sagte er dann bestimmt, denn er hatte keine Lust, sich aufhalten zu lassen.

Lukas schüttelte ungläubig den Kopf. »Hast du einen Superhelden gefrühstückt?«, fragte er fassungslos.

Karl atmete tief durch. »Eure Hausaufgaben macht ihr jetzt mal schön selber.« Er hielt kurz inne und grinste. »Ach nee, geht ja nicht. Zum Selbermachen seid ihr ja zu blöd.«

Ben und Lukas starrten ihn so verdutzt an, dass Karl diesen kurzen Moment nutzte. Mit beiden Händen schob er die Jungen auseinander und ging dann mitten durch sie hindurch oder vielmehr er rannte. Denn nun musste er sich wirklich beeilen. Ach, da stand ja die Direktorin, wie praktisch. »Frau Müller-Borello!«, rief Karl ihr im Vorbeilaufen zu und zeigte auf Ben und Lukas. »Die beiden haben eine Frage an Sie!« So schnell er konnte, lief er weiter, schnappte sich sein Fahrrad und radelte davon.

Den Weg zur Zementfabrik wusste er noch. Sie war ja nicht weit entfernt. Bald schon war er dort und stellte sein Fahrrad neben einem Weizenfeld ab. Dann schlich er unauffällig weiter auf das Gelände der Fabrik. Er musste vorsichtig sein, schließlich waren Amanda und Raimondo hier irgendwo. Sie sollten ihn möglichst nicht entdecken.

Karl beschloss, die Halle, in der sie beim letzten Mal gewesen waren, nicht durch den normalen Eingang zu betreten. Stattdessen kletterte er auf einen Mauervorsprung und hangelte sich durch ein großes Loch, das wahrscheinlich mal ein Fenster gewesen war, in das Gebäude hinein. Nun stand er auf einer Art Empore und konnte die gesamte Halle überblicken.

Unten entdeckte er Raimondos schwarzen Pick-up. Die beiden stiegen gerade aus. Rasch versteckte sich Karl hinter einem großen Zementblock. Raimondo und Amanda trugen jeder eine Plastiktüte mit sich und gingen direkt auf das große Loch in der Mauer zu, das Karl noch vom letzten Mal kannte. Dahinter lag der dunkle Gang, in dem sie herumgeirrt waren. Wahrscheinlich war in den Tüten Essen für den Gefangenen, kombinierte Karl messerscharf.

Plötzlich hörte er ein Surren über sich. Als er nach oben guckte, entdeckte er eine Drohne, und schließlich sah er, wer die Drohne steuerte. »Pauling?«, stieß Karl überrascht aus.

Der Lehrer stand weit entfernt auf dem Dach eines benachbarten Silos. Er war vielleicht Karls Rettung. Gemeinsam hatten sie eine Chance, Amanda und Raimondo zu überwältigen. Fast hätte Karl ihn gerufen, doch er besann sich im letzten Moment.

Nervös machte er sich auf den Weg und fand eine Treppe, die nach oben führte. Es ging sehr hoch und am Ende musste Karl noch seinen ganzen Mut zusammennehmen und über eine alte, rostige Eisenbrücke gehen, um zu seinem Lehrer zu gelangen. Als er nach unten schaute, wurde ihm ganz schwindelig. Doch er überwand seine Höhenangst und lief los. »Herr Pauling!«, rief er und winkte.

Der Lehrer hörte ihn nicht. Er war inzwischen auf den Balkon eines Nachbargebäudes gegangen. Schnell lief Karl weiter.

Als er endlich auf der anderen Seite war, musste er noch ein Stück durch das Gebäude und gelangte schließlich auf den Balkon. »Herr Pauling!«, rief Karl atemlos noch einmal.

Herr Pauling zuckte zusammen und drehte sich überrascht um. »Karl, was machst du denn hier?«

Aufgeregt sprudelte es aus Karl hervor: »Gut, dass Sie da sind. Sie müssen mir helfen!«

»Ach, ähm, ja?«, stotterte Pauling nun. »Wobei denn?«

»Ich glaube, ich weiß, wo Willis Vater gefangen gehalten wird«, antwortete Karl arglos und kam langsam wieder zu Atem.

»Willis Vater?«, wiederholte Pauling ungläubig. »Ja, wo denn?« Er schaute sich nach allen Seiten um.

»Da unten!« Karl zeigte auf die Fabrikhalle.

»Da unten?«, erwiderte Pauling langsam.

»Ja! Los, kommen Sie schnell!«, antwortete Karl ungeduldig. »Es gibt da einen Eingang. Amanda und Raimondo sind gerade eben dort hineingegangen. Wir können ihn von der Brücke da drüben aus beobachten«, fügte er hinzu und lief los.

Pauling folgte ihm etwas widerwillig. »Das hast du aber toll herausgefunden, Karl«, lobte Pauling ihn mit einem eigenartigen Unterton.

»Danke, Herr Pauling«, erwiderte Karl, während sie weiter zur Brücke eilten.

Als sie auf der Brücke angekommen waren, blieb Karl stehen. Von hier aus konnte man das Loch in der Hallenmauer besser erkennen. »Da ist es«, meinte er und zeigte noch einmal hin.

Pauling stand nun dicht neben ihm und sagte nichts. Er schaute nur über das Geländer der Brücke nach unten. Etwas verwirrt blickte Karl ihn an. Ein seltsames Gefühl beschlich ihn plötzlich. »Vielleicht ... sollten wir doch besser die Polizei verständigen«, stammelte er.

»Hmm.« Pauling blickte ihn lange an. »Mensch, Karlchen«, sagte er dann mit einem Mal. »Du bist doch eigentlich so klug, oder?«

In Karls Kopf schwirrte es. Doch plötzlich war ihm alles klar. »Sie?«, fragte er entgeistert.

Pauling grinste ihn dämlich an und nickte. Dann stürzte er sich auf Karl.

Reflexartig griff Karl nach seinem Asthmaspray und sprühte es Pauling ins Gesicht. »Aah!« Pauling riss Karl das Spray aus der Hand und schmiss es achtlos von der Brücke in die Tiefe. Es landete in einem Sicherheitsnetz und blieb dort liegen.

Mit einem festen Griff packte Pauling Karl und trug ihn mit sich. Alles Zappeln und Schreien half nichts. Es war niemand da, der ihm hätte helfen können. Karl war viel zu klein und viel zu leicht, als dass er sich gegen seinen Lehrer hätte wehren können.

13. Kapitel

Willi hatte eine unruhige Nacht hinter sich. Wieder einmal hatte er sich mit seinem Schlafsack und seinem Kissen in die Limousine gelegt. Doch geschlafen hatte er kaum. Immer wieder kreisten seine Gedanken um Georg und Tim. Wenn er doch nur gutmachen könnte, was er angerichtet hatte. Noch immer glaubte er an Georgs Unschuld, auch wenn er damit nun vollends allein war.

Am Morgen setzte er sich auf den Fahrersitz und aß erst einmal eine Tafel Schokolade zum Frühstück. Währenddessen sah er sich gedankenverloren alte Fotos auf seinem Handy an. Gelangweilt wischte er mit seinem Daumen die Fotos weiter. Doch plötzlich stutzte er.

Auf einem Foto war sein Lehrer Herr Pauling zu sehen. Das war noch nichts Ungewöhnliches. Herr Pauling war vor einiger Zeit bei den Sauerlichs zu Besuch gewesen und hatte sich von Willis Vater die gesamte Kunstsammlung zeigen lassen. Er interessierte sich sehr für alte Kunstschätze. Auf dem Bild waren sie vor der Vitrine mit dem *Himmelswächter* zu sehen. Bevor dieser gestohlen wurde.

In Willis Kopf arbeitete es. Alles ergab mit einem Mal Sinn. Die größte Überraschung war an Pauling selbst zu sehen. Ungläubig zoomte Willi das Foto heran, bis nur noch das Abzeichen auf Paulings Polohemd zu sehen war. Es bestand aus zwei gekreuzten Eishockeyschlägern, unter denen in großen Buchstaben der Name des Teams stand: *Stick*.

»Verdammt!«, entfuhr es Willi und im ersten Schreck schmiss er sein Handy auf den Beifahrersitz. Das konnte doch nicht wahr sein. »Mann!« Fassungslos schlug er mit der flachen Hand auf das Lenkrad. Dann nahm er das Handy wieder in die Hand und wählte Tims Nummer.

Doch Tim ging nicht ans Telefon. Stattdessen klingelte es in Willis Jackentasche. Verwundert tastete er mit seiner Hand in der Tasche und zog Tims Handy hervor. Ach ja, richtig, Tim hatte es ihm beim Abschied verärgert in die Hand geknallt. »Mist«, stöhnte Willi.

Jetzt war Gaby seine letzte Rettung. Er wählte ihre Nummer, doch auch hier hatte er kein Glück. Gaby saß in der Bandprobe und konnte nicht rangehen. Blieb noch der persönliche Weg. Willi seufzte. Tim war ein harter Brocken, aber er musste es probieren. Ungefähr konnte er sich denken, wo er ihn finden würde. Aber er wollte keine Zeit verlieren. Deshalb ergriff Willi eine ungewöhnliche Maßnahme.

Tim wollte einfach nur alles vergessen. Die Gedanken an die letzten Tage, den Schulverweis, den ungeklärten Fall, seine Freunde, die er verloren hatte – das alles war unerträglich. Wo konnte er sich am besten ablenken? Na klar, beim Sprayen, das hatte vorher ja auch immer gut geklappt. Und seine Sprayerfreunde würden sich bestimmt freuen, wenn er mal wieder vorbeischaute.

Tim ging zu einem Platz mit Halfpipe, wo er ungestört ein neues Graffiti erstellen konnte. Er hatte auch schon eine Idee. Die Spraydosen klapperten in seinem Rucksack, als er über das Geländer auf den Platz hinuntersprang. Vor einer großen Wand erkannte er Mia, ein Mädchen mit langen, blonden Locken und Baseballcap. Neben ihr stand Marvin, der wie immer eine dunkle Skatermütze trug.

Sie waren damit beschäftigt, einen großen, roten Drachen an die Wand zu sprühen. Tim holte eine Spraydose aus seinem Rucksack und verwarf den Gedanken an ein eigenes Graffiti. Er konnte ja auch erst mal hier aushelfen. Voller Elan sprang er auf die beiden zu.

Mia hielt im Sprayen inne. »Ach, der Hochbegabte ist wieder da«, stellte sie etwas abfällig fest. »Scheiße gebaut?«

Tim antwortete nicht, sondern begann zu sprayen.

»War wohl nichts mit der fetten Karriere«, fügte Marvin hinzu, und Tim glaubte, Schadenfreude in seiner Stimme zu vernehmen. Vielleicht waren die beiden gar keine Freunde, so sicher war er sich nicht mehr. Aber besser, als zu Hause Trübsal zu blasen, war das hier allemal.

Konzentriert bearbeitete Tim das Graffiti vor sich. Da fuhr plötzlich eine schicke, schwarze Limousine auf dem Platz vor.

Marvin hielt inne. »Ey, schaut mal da vorn!«, rief er überrascht. Tim und Mia drehten sich um. »Was will der denn hier?«, fragte Mia verblüfft. Im Auto saß Willi, und zwar hinterm Steuer. Er hatte keinen anderen Ausweg gewusst.

»Oh, Mann!« Tim drückte Mia seine Spraydose in die Hand und lief auf den Wagen zu. Kurz vor der Limousine blieb er stehen. Willi stieg aus. Er hatte Georgs Sonnenbrille und die Schirmmütze aufgesetzt.

»Was willst du?«, fragte Tim nicht gerade freundlich.

»Ich weiß, dass ich ein wenig Mist gebaut habe«, begann Willi, aber Tim ließ ihn gar nicht ausreden.

»Ein wenig Mist?«, wiederholte er ungläubig. »Riesenmist hast du gebaut. Brontosauriermist!«

»Ich weiß«, antwortete Willi und holte sein Handy aus seiner Hosentasche hervor. »Aber ich muss dir etwas zeigen.«

Tim schüttelte den Kopf. »Woher weiß ich, dass du mich nicht schon wieder belügst? Ich meine, ich habe mich für dich als Frau verkleidet ...«

»Du hast dich als Frau verkleidet?«, fragte Mia im Hintergrund belustigt.

Tim bedachte sie nur kurz mit einem abschätzigen Blick. Nun war Willi mit dem Handy an seiner Seite. »Schau mal, das Hemd«, sagte er und hielt ihm das Display unter die Nase.

Widerwillig schaute Tim auf das Foto. »Pauling?«, meinte er dann mit gerunzelter Stirn.

»Stick! Das hat ja mein Vater in den Wagen geritzt«, erklärte Willi, als wüsste Tim das nicht längst.

»So ein Shirt könnte jeder haben«, meinte Tim und wandte sich ab. Dass Willi nun Pauling verdächtigte, kam ihm aberwitzig vor. »Pauling ist echt der einzige coole Typ an der Schule«, fügte er hinzu. »Jetzt drehst du schon wegen so eines T-Shirts durch. Am Ende war es eben doch Georg.«

»Mann, ich brauch deine Hilfe!«, flehte Willi.

»Vergiss es«, sagte Tim und ging zu den anderen Sprayern zurück. Doch Marvin und Mia packten ihre Rucksäcke und gingen wortlos davon. Mir egal, dachte Tim verärgert. Er wollte eh seine Ruhe haben. Sprayen konnte er auch allein.

Demonstrativ zog er seine Kopfhörer auf, die er wie immer um den Hals hängen hatte, und schaltete den Walkman ein. Da ertönte die schräge chinesische Musik, die Willi ihm aus Spaß eingelegt hatte. Genervt wollte Tim wieder ausschalten, da knackte es plötzlich auf dem Band und Georgs Stimme erschien. »Wir haben Ihren Mann in unserer Gewalt«, sprach er sehr langsam. Er klang müde. »Verständigen Sie nicht die Polizei.«

Tim verstand die Welt nicht mehr. Was war das für ein Band? »Hinterlegen Sie den *Himmelswächter* in der Soiner Kiesgrube ...«, schallte Georgs Stimme weiter aus dem Kopfhörer, dann brach er plötzlich ab. »Ich kann das nicht!«

Jetzt ertönte plötzlich Paulings Stimme und Tim zuckte vor Schreck zusammen. »Natürlich kannst du! Jetzt gleich noch mal. Aber dieses Mal bitte mit Gefühl.« Der Lehrer lachte, es war ein gemeines Lachen.

Tims Augen weiteten sich. Er ließ seine Spraydose fallen. »Willi! Warte!«, rief er und jagte hinter der Limousine her, die gerade langsam anfuhr. Tim rannte zur Beifahrertür und riss sie auf.

Sofort bremste Willi und sprang aus dem Wagen. Er spürte, dass Tim es sich aus irgendeinem Grund anders überlegt hatte.

»Das Tape!«, japste Tim und hielt ihm eine Seite des Kopfhörers hin. »Hör es dir an.«

Willi nahm den Kopfhörer und hielt ihn an sein Ohr, während Tim auf der anderen Seite hineinlauschte. »Pauling!«, schrie Willi aufgeregt.

»Ja!« Tim nickte und rang immer noch nach Luft. »Du hattest recht. Deswegen auch das *Stick*.«

»Das heißt, dass Georg unschuldig ist und Pauling ihn gezwungen hat?«, stieß Willi hervor und seine Stimme überschlug sich fast vor Aufregung und Freude. Als Tim nickte, befahl Willi: »Einsteigen!«

Die Jungs klatschten sich ab, dann stieg Tim schnell zu Willi ins Auto und die beiden düsten los.

Willi fuhr, so schnell er konnte, zum Internat. Das war sehr gewagt, denn so sicher waren seine Fahrkünste auch wieder nicht. Es wurde eine rasante Fahrt mit zittrigen Schlangenlinien und gewagten Überholmanövern.

Tim betete, dass sie nicht der Polizei begegneten. »Wie kommt das Tape eigentlich in meinen Walkman?«, fragte er nachdenklich, nachdem er sich ein wenig beruhigt hatte.

»Das haben Karl und ich dir da reingesteckt«, erklärte Willi. »In Stickhausen. Wir wollten dich ein wenig ärgern, weil du so einen auf Chef gemacht hast.«

Dazu sagte Tim nichts. Stattdessen kombinierte er. »Okay, das heißt, dass Amanda, Pauling und Biersack zusammenarbeiten.«

»Stimmt.« Willi nickte langsam. »Krass. Und was machen wir jetzt?«

Tim grinste. »Jetzt trommeln wir erst einmal unsere Bande wieder zusammen.«

»Okay!« Willi grinste ebenfalls, schaltete einen Gang höher und trat aufs Gaspedal. Erschrocken krallte sich Tim am Griff über der Beifahrertür fest. »Wenn wir Pauling überführen«, meinte Willi voller Genugtuung, »dann kommst du zurück aufs Internat.«

Tim grinste gequält. »Wenn ich hier lebend rauskomme.«

Gaby kam gerade aus der Probe und lief mit ihrer Freundin Steffi durch das offene Tor am Internat. »Ich bin froh, dass du wieder dabei bist«, meinte Steffi. »Es war so langweilig ohne dich.«

Da raste die schwarze Limousine hupend an ihnen vorbei. Tim hatte das Fenster heruntergelassen und beugte sich heraus. »Gaby!«, schrie er im Vorbeifahren. »Komm mit! Schnell!«

Mit quietschenden Reifen bremste Willi. Ein Leuchten ging über Gabys Gesicht.

Sie rannte los zur Limousine, während Steffi ihr kopfschüttelnd, aber auch grinsend hinterherschaute.

Tim und Willi sprangen aus dem Auto heraus und liefen bereits die Treppe zum Hauptgebäude hinauf. Ungeduldig winkte Tim Gaby, ihnen zu folgen. »Komm! Wir haben etwas rausgefunden!«

Jetzt war Gaby bei ihnen. Während sie durch das Treppenhaus zum Hauptquartier hinaufliefen, erzählten Tim und Willi ihr alles. Gaby war genauso baff und aufgeregt wie ihre Freunde. Nun würde vielleicht alles gut werden. »Karl!«, riefen sie, als sie auf dem Dachboden ankamen. »Karl?«

Doch von ihrem Freund war keine Spur zu sehen. Tim blickte sich um und entdeckte die ganzen Notizen und Bilder an der Wand. »Der hat weiterermittelt«, stellte er fest.

»Ja!«, bestätigte Gaby Tims Vermutung. Auch sie staunte über die Fülle an Zetteln und trat näher an die Wand heran. Nachdem sie das Material eine Weile eingehend studiert hatte, drehte sie sich zu den anderen beiden um. »Lasst uns noch mal überlegen. Wie hängt das alles zusammen?«

Willi nickte. »Okay. Pauling hat den *Himmelswächter* gesehen, als er bei uns in der Eichenallee war. Und dann ...« Er stockte.

»Dann hat er Amanda und Raimondo einen Tipp gegeben«, half Gaby ihm weiter.

»Und die haben sich das Vertrauen meiner Mutter erschlichen mit ihrem ...« Willi schnaubte verächtlich.

»Energiezeugs«, vollendete Gaby den Satz und machte eine wegwerfende Handbewegung.

»Und als dein Vater gemerkt hat, dass es jemand auf den *Himmelswächter* abgesehen hat ...«, sagte Tim mit aufgeregter Stimme zu Willi.

»... sollte Georg den *Himmelswächter* in Sicherheit bringen«, fuhr Willi fort.

Tim nickte. »Es war die perfekte Gelegenheit.«

»Raimondo hat sich an Bord geschlichen und wollte das Flugzeug entführen«, meinte Gaby.

»Aber irgendwas muss unterwegs schiefgelaufen sein«, rätselte Tim.

»Genau«, warf Willi ein. »Wahrscheinlich hat Georg versucht, sich zu wehren.«

»Und da musste Raimondo mit Georg abspringen.« Tim hielt inne. Es ergab alles Sinn!

»Raimondo hat dann den Fallschirm und die Schatulle in der Fabrik versteckt und Georg irgendwo eingesperrt«, kombinierte Willi.

Gaby führte den Gedanken weiter. »Als sie dann gemerkt haben, dass der *Himmelswächter* nur ein Imitat war, mussten sie zu Plan B übergehen. Und haben deinen Vater entführt.«

»Ziemlich schlau«, stellte Tim fest, »alle Spuren auf Georg zu lenken.«

»Wahrscheinlich hat Raimondo bei dem Überfall Georgs Schuhe getragen«, schloss Gaby und zeigte auf das Blatt mit dem Schuhabdruck an der Wand. »Und sie hinterher in diesem Angelschuppen versteckt. Damit die Polizei sie dort finden kann.«

»Ja, okay, aber wo sind jetzt Georg und mein Vater?«, stellte Willi die alles entscheidende Frage.

»In Stickhausen waren sie ja nicht«, fügte Tim hinzu. »Und außerdem: Wo ist Karl?«

Die drei sahen sich ratlos an. Nach einer Weile klappte Gaby Karls Laptop auf. Sie sah das Signal des Peilsenders, das noch immer auf dem Monitor leuchtete. »Im Keller der alten Fabrik!«, rief sie überrascht aus. Willi und Tim kamen zum Schreibtisch gestürzt. »Der Peilsender!«, sagte Gaby. »Amanda und Raimondo sind in den Soiner Werken. Das hat Karl herausgefunden.«

»Hoffentlich ist Karl da nicht allein hin«, meinte Tim.

»Ich rufe meinen Vater an.« Gaby kramte ihr Handy aus ihrer kleinen Umhängetasche hervor.

14. Kapitel

Kommissar Glockner stand mit Bienert und einer Polizeistaffel auf dem Parkplatz in der Nähe der alten Zementfabrik. Als sein Handy brummte und er sah, dass es Gaby war, zögerte er einen Moment. Der Zeitpunkt passte ihm so gar nicht, die Übergabe der Statue stand kurz bevor. Kurzentschlossen drückte er den Anruf weg und schaltete sein Handy aus.

Dann öffnete er den Kofferraum seines Wagens. Zum Vorschein kam die Schatulle mit dem *Himmelswächter.* Bienert öffnete sie und sie blickten auf die wertvolle Statue. Glänzend lag der goldene Drache vor ihnen.

»Wow!« Der Assistent nickte anerkennend. »Das ist eine absolut geniale Fälschung, Herr Glockner.«

»Das ist das Original«, erwiderte Glockner knapp und nahm den *Himmelswächter* in seine Hände.

»Ich weiß«, sagte Bienert sofort, obwohl offensichtlich war, dass er keine Ahnung hatte.

»Das Leben der Geiseln steht auf dem Spiel«, fügte Glockner ernst hinzu und legte den Drachen zurück in die Kiste.

»Absolut.« Bienert nickte eifrig.

»Die schnappe ich mir«, meinte Glockner entschlossen.

»Gewiss!«, antwortete Bienert und nahm die Schatulle.

»An alle Einheiten: Die Beobachtungspositionen einnehmen!«, befahl Glockner.

»Unbedingt, Herr Glockner, unbedingt«, stimmte Bienert voller Eifer zu.

Kommissar Glockner blieb seufzend stehen. Warum musste ausgerechnet er einen so begriffsstutzigen Assistenten haben? »Na?« Er machte eine auffordernde Handbewegung.

Da kapierte Bienert. Schnell holte er sein Funkgerät hervor. »Alle Einheiten Beobachtungsposition einnehmen«, gab er durch, während er neben Glockner herstolperte.

Sie übergaben die Schatulle mit dem *Himmelswächter* einem Polizisten, der sie am Ufer des Sees platzieren sollte. So hatten die Entführer es ihnen durchgegeben. Alle Polizisten waren nun auf ihren versteckten Posten. Auch Kommissar Glockner und Bienert hatten sich auf der anderen Seite des Sees hinter einem großen Berg aufgeschütteten Sandes versteckt. Von hier aus konnte Glockner mit einem Fernglas die Schatulle im Blick behalten. Wenn der Entführer kam, um den *Himmelswächter* zu holen, waren seine Leute sofort zur Stelle. Sie würden ihn ergreifen und der ganze Spuk hatte endlich ein Ende. So zumindest stellte Glockner es sich vor.

»Fahrzeuge an allen Zufahrtsstraßen postiert«, gab ihm ein Mitarbeiter per Funk durch.

»Gut«, antwortete Glockner. »Aktion starten! Den Wächter auf Position!« Dann spähte er weiter durch sein Fernglas auf das andere Ufer.

Der Polizist stellte nun wie verabredet die Kiste mit dem *Himmelswächter* im Sand ab. Dann gab er Glockner mit einem Daumen hoch zu verstehen, dass alles in Ordnung war. Glockner und Bienert hoben ebenfalls ihre Daumen.

Nun hieß es warten. Doch nichts geschah. Langsam wurde Glockner unruhig. »Was haben die bloß vor?«, rätselte er.

Plötzlich vernahmen sie ein feines Surren in der Luft. Dann sahen sie die Drohne. Sie schwebte langsam auf die Schatulle zu. Direkt über ihr senkte sie sich herab und mit riesigen Magneten heftete sie die metallische Kiste an sich und flog davon.

Der Polizist kam aus dem Gebüsch gerannt. Doch er war zu spät. Die Drohne war bereits mit dem *Himmelswächter* davongeflogen. Der Polizist konnte ihr nur noch hilflos hinterherstarren und stampfte wütend mit dem Fuß auf.

Damit hatte niemand gerechnet. »Wow, genial!«, rief Bienert begeistert aus, während Glockner förmlich ausflippte. »Verdammter Mist!«, brüllte er.

»Äh, ja, so ein Mist!«, schrie nun auch Bienert schnell.

»Verfolgung aufnehmen!«, befahl Glockner per Funk und rannte los.

Gaby hatte vergeblich versucht, ihren Vater zu erreichen. »Da geht keiner ran!« Sie überlegte nicht lange. »O. k., ziehen wir die Sache allein durch. Wir müssen Karl helfen!«

Auch Tim und Willi zögerten keine Sekunde. Die drei rannten durchs Treppenhaus nach unten hinaus, sprangen auf ihre Räder und rasten los.

Vor den Soiner Werken fanden sie Karls Fahrrad. Nun bestand kein Zweifel mehr, dass Karl ebenfalls hierhergefahren war. Über ihnen surrte es. Als sie nach oben sahen, entdeckten sie die Drohne mit der Schatulle daran. Plötzlich erkannte Willi Pauling auf dem Dach des Silos. »Da ist er!«, flüsterte er.

Die anderen beiden sahen ihn nun auch. Pauling nahm die

Drohne entgegen und löste die Schatulle vom Magneten. Zufrieden nahm er den *Himmelswächter* an sich.

Möglichst leise pirschten sich Gaby, Tim und Willi an die große Halle heran und betraten den Innenraum. Vor Raimondos Pick-up blieben sie stehen. Auf dem Beifahrersitz sahen sie den Cockerspaniel Oskar liegen.

»Nicht der schon wieder!«, stöhnte Gaby. »Okay«, sagte sie zu Willi und Tim. »Wir müssen verhindern, dass Pauling abhauen kann.« Sie kramte in ihrer Gürteltasche und holte eine kleine Zange hervor. Anschließend legte sie sich auf den Rücken unter das Auto und begann dort mit der Zange zu hantieren.

»Was macht sie da?«, fragte Tim kopfschüttelnd und bewundernd zugleich. Gaby war wirklich ein Allroundtalent.

Willi zuckte mit den Achseln. »Keine Ahnung.«

Plötzlich vernahmen sie ein Geräusch. »Pscht!«, machte Willi und Gaby hielt inne. Reglos lag sie am Boden, während Tim und Willi durch das Fenster des Wagens beobachteten, wie Raimondo und Amanda aus dem dunklen Gang kamen.

Gleichzeitig kam Pauling in die Halle gelaufen. In der einen Hand hielt er die Drohne, in der anderen den *Himmelswächter*. »Ey, ihr beiden. Hier!«, rief er freudestrahlend.

Amanda und Raimondo blieben überrascht stehen. »Hier, ich hab ihn«, sagte Pauling und hielt Amanda den Drachen entgegen. »Schau mal, ist das der echte Wächter?«

Amanda untersuchte die Statue und plötzlich begannen ihre Augen zu leuchten. »Ohne jeden Zweifel«, antwortete sie und Raimondo nahm fassungslos die wertvolle Statue in seine Hände. »Unser Kloster und unser Volk sind Ihnen auf ewig zu großem Dank verpflichtet «, sagte Amanda zu Pauling.

Und Raimondo fügte hinzu: »Wir werden uns persönlich dafür einsetzen, dass du ...«

Schnell gebot Pauling ihm Einhalt. »Die Dankbarkeit der Shaolong ist mir Lohn genug«, unterbrach er und legte zur Betonung eine Hand auf sein Herz.

Damit waren Amanda und Raimondo natürlich auch zufrieden. »Wir befreien die Gefangenen und sehen zu, dass wir hier wegkommen«, meinte Amanda.

Schnell verschwanden die drei durch das Mauerloch in der Dunkelheit.

»Okay«, sagte Tim leise und Gaby stand wieder auf. Gemeinsam schlichen sie Pauling, Amanda und Raimondo hinterher.

Die drei Erwachsenen gingen durch den dunklen Gang. Da stolperte Willi über einen Stein. Es schepperte leise.

»Was war das?«, fragte Pauling alarmiert. Er leuchtete mit seiner Taschenlampe alles ab, doch zum Glück entdeckte er die Kinder nicht.

Bald gelangten sie zu dem Schacht mit der alten Strickleiter. Pauling leuchtete nach unten. Anscheinend wurden dort Herr Sauerlich und Georg und womöglich auch Karl gefangen gehalten, vermutete Tim für sich.

»Gleich seid ihr frei!«, rief Raimondo den Gefangenen zu.

»Wir haben den *Himmelswächter*«, ergänzte Amanda.

»Gut, dann steigt mal runter und bindet sie los«, meinte Pauling. »Ich halte ihn solange«, fügte er hinzu und ließ sich von Amanda den *Himmelswächter* geben. Amanda und Raimondo kletterten die Strickleiter hinab. Als sie unten waren, hakte Pauling die Leiter aus und ließ sie in die Tiefe fallen.

»Was soll das?«, rief Raimondo panisch.

»Ich hab keine Lust mehr auf den ganzen Asienquatsch!«, sagte Pauling.

»Aber Sie wollten uns doch helfen!« Die Wut war Amanda deutlich anzuhören.

»Ich hab's mir anders überlegt!«, erwiderte Pauling und schaute dabei seelenruhig in den Schacht hinunter.

»Sie haben keine Chance, den Wächter auf dem Kunstmarkt loszuwerden, jeder kennt ihn!«, warf Raimondo ein.

Jetzt lachte Pauling teuflisch. »Ich schmelze ihn einfach ein. Allein das Gold und der Diamant sind einen Haufen Geld wert.« Noch immer lachend wandte Pauling sich ab und rannte davon, direkt in die Richtung von Gaby, Tim und Willi, die alles beobachtet hatten.

Schnell gingen die drei in Deckung, als Pauling an ihnen vorbeistürmte.

»Pauling!«, hörten sie Amanda noch verzweifelt schreien. Doch Pauling interessierte sich nicht mehr für sie, sondern machte, dass er davonkam.

»Los, hinterher, den schnappen wir uns«, sagte Tim zu Gaby und Willi.

Die drei rannten den dunklen Gang entlang. Als sie zum Ausgang kamen, saß Pauling schon im schwarzen Pick-up. Den schwarz-weißen Cockerspaniel Oskar hatte er zuvor aus dem Wagen befördert.

»Bleiben Sie stehen!« rief Gaby in scharfem Polizeiton.

Etwas genervt schaute Pauling aus dem Fahrerfenster. »Hat die 7c heute Schulausflug, oder was?«, fragte er fast ein bisschen belustigt. Dann machte er eine Handbewegung, als seien sie drei lästige Fliegen, die man verscheuchen musste. »Na, los, haut ab da!«

»Nein!«, brüllte Tim.

Aber Pauling hörte ihn nicht mehr, sondern ließ den Motor aufheulen. Er trat aufs Gaspedal und preschte direkt auf Tim, Willi und Gaby zu. Erschrocken sprangen die Kinder in letzter Sekunde zur Seite, bevor Pauling mit quietschenden Reifen aus der Fabrikhalle raste. »Los, hinterher!«, schrie Tim und rannte zusammen mit Gaby nach draußen.

Nur Willi blieb in der Halle. »Ich befreie die Gefangenen!«, rief er.

Pauling heizte mit dem Pick-up den Weg entlang, an den Fahrrädern der Kinder vorbei. Tim und Gaby hatten keine Chance, das Tempo mitzuhalten. »Mist, den kriegen wir nie!«, japste Tim und wurde langsamer.

»Wart's ab!«, rief Gaby im Vorbeirennen. »Der kommt nicht weit!« Da lief auch Tim schnell weiter. Und noch jemand war dem Auto gefolgt. Oskar rannte bellend und mit fliegenden Ohren hinter dem Pick-up her.

Gaby sollte recht behalten. Keine fünfhundert Meter von der Fabrik entfernt verlor Pauling plötzlich die Kontrolle über den Pick-up. Er raste quer über die Wiese, auf der das Flugzeug abgestürzt war, und wollte das Lenkrad herumreißen, doch die Lenkung reagierte nicht mehr.

»Waaaas?«, schrie Pauling perplex. Da bretterte er auch schon durch eine Plakatwand, von der vergilbt eine glückliche Familie herablächelte. Krachend zerbarst das Holz in tausend Einzelteile und der Wagen kam endlich zum Stehen.

Die Fahrertür ging auf und Pauling stolperte heraus. In der Hand hielt er den *Himmelswächter*. Bei dem Aufprall hatte er sich eine blutige Stirn zugezogen und taumelte nun leicht benommen durch die Gegend. Genau in diesem Moment kam Oskar auf ihn zugestürmt. Zähnefletschend stürzte er sich auf Pauling.

»Ja, komm nur, du verdammter Köter«, rief Pauling. Als Oskar bei ihm war, holte er zum Schlag aus und zog dem Hund mit dem *Himmelswächter* eins über. Jaulend brach Oskar zusammen. Daraufhin machte Pauling sich aus dem Staub.

Als Gaby und Tim auf die Wiese gerannt kamen, war von ihrem Lehrer nichts mehr zu sehen. Dafür fanden sie Oskar winselnd am Boden liegen.

»Oh Gott!«, flüsterte Gaby und kniete sich neben den Cockerspaniel. Oskar hatte eine Wunde am Kopf, der Schlag von Pauling hatte ihn hart getroffen. »Du tapferer, lieber ...« Gaby war den Tränen nahe. Auch wenn sie Hunde bislang nicht besonders gemocht hatte, war ihr unbegreiflich, wie man so grausam zu einem Tier sein konnte. Sanft strich sie durch Oskars Fell und der Hund schmiegte sich an sie.

Tim sah sich währenddessen auf dem Feld um. Doch von Pauling gab es weit und breit keine Spur. War er etwa entkommen?

15. Kapitel

Amanda und Raimondo hatten vergeblich versucht, an der glatten Wand des Schachts emporzuklettern. Vor ihnen saßen gefesselt Georg, Herr Sauerlich und Karl.

»Ich hab dir vertraut, Steffen. Komm zurück!«, schrie Raimondo. »Pauling!«, brüllte auch Amanda noch einmal, doch ihre Stimmen hallten nur verloren durch das leere Gemäuer.

Raimondo nahm die Strickleiter, doch ohne eine Halterung in greifbarer Nähe nützte sie ihm nichts. Wütend schmiss er sie wieder auf den Boden.

»Na, wie fühlt sich das an?«, fragte Georg auf einmal spöttisch.

Herr Sauerlich war nicht mehr so cool drauf. »Ans Gefangensein könnt ihr euch schon mal gewöhnen!«, rief er voller Wut. »Ihr Verbrecher!«

»Verbrecher?«, entgegnete Amanda hitzig. »Wer ist hier der Verbrecher? Seit Jahrzehnten kämpfen wir dafür, dass uns unser Heiligtum zurückgegeben wird!«

»Mir kommen gleich die Tränen!«, höhnte Herr Sauerlich.

»Menschen wie Sie wollen kein Mitgefühl zeigen«, entgegnete Amanda in vorwurfsvollem Ton. »Wir Shaolong nennen euch *beschädigte Menschen*«, sagte sie so würdevoll wie möglich. »Was haben Sie davon, dass der *Himmelswächter* in der Eichenallee steht?«, platzte es dann aber doch aus ihr heraus.

»Na, als Wertanlage«, erklärte Herr Sauerlich trotzig.

Amanda schnaubte. »Was verstehen Sie schon vom Wert

des *Himmelswächters?* Bei uns im Kloster wird er vom ganzen Volk angebetet. Das ist ein wahrer Wert.«

»Wow«, erwiderte Herr Sauerlich, doch da schaltete sich Georg ein. »Hört doch mal auf, zu streiten. Seht ihr nicht, was mit dem Jungen ist?«

Karl hatte seit einer Weile nichts mehr gesagt. Grund dafür war, dass er kaum noch Luft bekam. Das alles war so aufregend. Aber viel schlimmer als das war: Er brauchte dringend sein Asthmaspray!

Raimondo und Amanda kamen zu Karl. »Was ist los mit ihm?«, fragte Raimondo.

»Was hast du?«, wandte sich Herr Sauerlich an Karl.

»Mein Spray!«, keuchte Karl schwer. Er konnte kaum noch reden. Betroffen standen Amanda und Raimondo vor ihm.

»Ja, bindet ihn los! Worauf wartet ihr!«, rief Georg scharf.

Raimondo nickte. »Wir binden euch alle los«, sagte er und machte sich an die Arbeit. Amanda half ihm. Nachdem alle losgebunden waren, kümmerten sie sich um Karl.

»Er muss stehen«, meinte Raimondo, doch Georg widersprach ihm. »Nein, er muss sich hinlegen.«

Sie legten Karl hin. »Halte durch, Kleiner«, versuchte Raimondo ihm Mut zuzusprechen. »Du schaffst das!«

»Ruhig atmen. Ein und aus, ein und aus«, sprach Georg mit beruhigender Stimme auf Karl ein.

»Hallo!«, hörten sie da auf einmal Willis Stimme über sich.

Herr Sauerlich hob den Kopf. »Willi!«, schrie er überrascht.

»Die Polizei ist gleich da!«, rief Willi nach unten.

»Ja, aber wir brauchen das Asthmaspray von Karl sofort«,

meinte Georg bestimmt. »Karl meint, Pauling hat es in das Netz unter der Eisenbrücke geworfen. Du musst es holen!«

»Was?«, fragte Willi mit entsetzter Stimme.

»Jede Sekunde zählt!«, fügte Amanda hinzu.

»Du schaffst das, Willi!«, rief sein Vater ermutigend.

Willi schluckte. Er war nicht gerade schwindelfrei, ganz im Gegenteil. Aber er konnte Karl auch nicht einfach so hängen lassen. Wenn das Leben seines Freundes von diesem Spray abhing, dann musste er sich jetzt verdammt noch mal überwinden und es holen.

Willi rannte aus dem Gang hinaus durch die Fabrikhalle und lief, so schnell er konnte, die Stufen zur Eisenbrücke hinauf. Völlig außer Atem stolperte er oben auf die Brücke und blieb stehen. Er konnte das Spray in dem Netz schon sehen. Silbrig glitzerte es ihm in der Sonne entgegen.

»Mist«, murmelte er, denn es war klar, dass er nicht ohne Weiteres drankommen würde. Wie ein Gewichtheber pustete er die Luft aus seinen Backen und ähnlich schwer lastete die Aufgabe auch auf ihm. Ohne weiter nachzudenken, kletterte er über das Geländer der Brücke. Er verhakte ein Bein in dem Geländer, um mehr Halt zu haben. »Bald ziehe ich auch noch Turnschuhe an«, stöhnte er und streckte den Arm nach dem Spray aus. Aber er war noch viel zu weit weg.

In diesem Moment verlor er den Halt. Seine Hand rutschte ab und Willi stürzte in die Tiefe. Zum Glück hielt das Netz stand. Nun konnte er nach dem Spray greifen. Mühsam hangelte er sich an der Seite wieder aus dem Netz heraus und kletterte nach oben. Dann rannte er zurück zum Schacht.

Raimondo wedelte Karl mit seiner Jacke Luft zu, während Georg ihm Mut zusprach: »Halte durch, Karl, Willi schafft das!«

Freudestrahlend erschien Willi oben am Geländer und warf das Spray nach unten. »Gut gemacht, Willi!«, rief sein Vater stolz.

Während Karl tief sein Spray inhalierte und sich langsam erholte, warf Georg die Strickleiter nach oben. Willi fing sie auf und befestigte sie in der Halterung. Nacheinander konnten nun alle hinaufklettern.

Gaby und Tim kümmerten sich noch immer um Oskar, der sich zum Glück aber fiepend aufrichtete. Sie glaubten, dass Pauling über alle Berge war, doch in Wahrheit kauerte er hinter einem großen Teil des Flugzeugwracks und beobachtete die beiden.

»Ihr kriegt mich nicht!«, fluchte er leise. Dann rannte er mit dem *Himmelswächter* unterm Arm los. Doch plötzlich vernahm er ein vertrautes Surren und stutzte. Über ihm kreiste seine eigene Drohne. Und noch ehe sich Pauling versah, setzte die Drohne zum Sturzflug auf ihn an und schlug ihm mit einem Flügel den *Himmelswächter* aus der Hand. Verwirrt blickte Pauling zum Himmel. Das konnte doch nicht sein. Wieso attackierte ihn seine eigene Drohne?

Was er nicht wusste: Die befreiten Gefangenen hatten in der alten Fabrikhalle die Fernsteuerung und den Monitor der Drohne gefunden. Und dann war Karls Stunde gekommen. Geschickt lenkte er die Drohne so, dass er Pauling damit nicht nur aufspürte, sondern auch noch angreifen konnte. Alle starrten gebannt auf den kleinen Monitor. Als Karl zum ersten Schlag ausholte und den *Himmelswächter* aus den Händen des Lehrers schlug, jubelten alle auf.

»Gut gemacht«, lobte Herr Sauerlich überschwänglich.

Karl strahlte. »Wir haben noch eine Rechnung offen!«, meinte er. »Bonuslevel.« Er ließ die Drohne erneut direkt auf Pauling zufliegen.

Diesmal prallte die Drohne gegen seinen Kopf, sodass Pauling zu Boden ging und für kurze Zeit benommen liegen blieb. Doch er rappelte sich wieder auf. Auch wenn er nun sehr derangiert aussah, wollte er noch lange nicht aufgeben. Er sah sich um. Wo war der *Himmelswächter*?

Er war bei Tim. Gaby und er hatten die Drohnenangriffe beobachtet. Als Pauling die Statue aus der Hand gefallen war, hatte Tim sie schnell aufgehoben. Er winkte Pauling damit zu und steckte sie in seinen Rucksack.

Doch das fand Pauling überhaupt nicht witzig. »Na los. Komm schon, gib ihn mir«, stieß er nervös aus. »Dann muss ich dir nicht wehtun.«

Provozierend setzte Tim seinen Rucksack auf. »Nein«, sagte er. Dann nahm er eine Shaolong-Stellung ein, bereit zum Kampf.

Pauling begann, hysterisch zu lachen. Wütend rannte er auf Tim zu. Doch der sprang in die Höhe, stützte sich auf Paulings Schultern ab und flog elegant über ihn hinweg. Als er wieder auf dem Boden landete, wirbelte er herum und tänzelte erneut auf Pauling zu. Er packte ihn und warf ihn geschickt über die Schulter, sodass Pauling in hohem Bogen durch die Luft flog, unsanft auf den Rücken knallte und schließlich liegen blieb.

»Jaaa!« Die ehemaligen Gefangenen tobten vor Freude.

»Shaolong-Style!«, rief Amanda begeistert.

Gaby hatte alles mit offenem Mund und zusammen mit Oskar angesehen. Sie strahlte, als sie erkannte, dass Tim als Sieger aus dem Kampf mit Pauling hervorging. Hinter ihr hielt mit quietschenden Reifen das Auto ihres Vaters. Der Kommissar sprang aus dem Auto heraus. »Gaby!«, rief er.

»Papa!« Gaby sprang auf und lief auf ihren Vater zu. Die beiden umarmten sich ganz fest, so froh waren sie, dass alles gut ausgegangen war.

16. Kapitel

Ein paar Tage später fand im Internat das große Schulfest statt. Den krönenden Abschluss am Abend bildete das Konzert der Big Band. Die Turnhalle war mit Girlanden und Lichtern geschmückt und alle Schüler, Lehrer und Gäste hatten sich vor der Bühne versammelt. Sie jubelten und klatschten, als die Band zu spielen begann.

Im Publikum standen auch Willi mit seinen Eltern, Karl, Tim und seine Mutter sowie Direktorin Müller-Borello, die sehr zufrieden dreinblickte.

Frau Sauerlich hatte ihre schrillen Gewänder gegen einen feinen Blazer eingetauscht und tanzte ausgelassen mit ihrem Mann. Seit der Fall um den *Himmelswächter* aufgeklärt war, waren alle sehr glücklich und erleichtert. Gaby und Steffi lächelten sich derweil zu und bliesen kräftig in ihre Saxofone.

Während das Konzert schon in vollem Gange war, fuhr auf dem Schulhof mit quietschenden Bremsen Glockners Auto vor. Der Kommissar und Bienert sprangen heraus. Glockner lauschte kurz. Aus der Aula drang gedämpfte Musik. »Mist, die haben schon angefangen!« Schnell öffnete er die hintere Tür und holte Oskar von der Rückbank. »Keine Angst«, flüsterte er dem Hund beruhigend zu und hielt ihn in seinen Armen. Oskar hatte einen dicken Kopfverband, er war immer noch nicht wieder richtig fit.

Da meldete der Polizeifunk einen dringenden Einsatz. »Herr Glockner?« Bienert wollte ihn an seine Pflichten als

Kommissar erinnern. Er konnte doch jetzt nicht einfach zum Konzert seiner Tochter gehen ...

Doch Glockner ließ sich nicht aufhalten. »Das ist Ihre Chance«, forderte er seinen Assistenten auf. »Versauen Sie es nicht!« Und schon drehte er sich um und rannte mit Oskar auf dem Arm zur Turnhalle.

Mit wichtigem Gesicht nahm Bienert das Funkgerät. »Hier Bienert!«, gab er durch. »Ich übernehme.« Dann setzte er sich ins Auto und fuhr mindestens zehnmal im Kreis, weil er den Ausgang des Schulhofes nicht finden konnte.

Kommissar Glockner kam gerade noch rechtzeitig in die Turnhalle. Gerade stand Gaby auf und schmetterte ein Solo auf ihrem Saxofon. Die Menge tobte ausgelassen.

Gabys Vater drängte sich mit Oskar auf dem Arm durch die Zuschauer und fand schließlich Tim und seine Mutter. »Wie süß!«, hörte er einige Kinder um sich herum rufen.

Auch Tim lächelte, als er Oskar sah. »Ja, wo Amanda und Raimondo jetzt sind, konnten sie ihn doch nicht mitnehmen«, sagte Kommissar Glockner. Raimondo und Amanda wurden gerade von Georg im neuen Privatjet der Sauerlichs nach Dengfeng zum Shaolong-Tempel geflogen, und zwar mit dem *Himmelswächter*. Herr Sauerlich hatte doch noch eingesehen, dass es falsch war, eine Statue, die so verehrt wurde, als Wertanlage in eine Vitrine zu stellen. Und so flogen Amanda und Raimondo überglücklich nach China und feierten im Flieger die Rückkehr des *Himmelswächters*.

Tim streichelte Oskar, und Kommissar Glockner sagte bedauernd: »Er wird leider auf einem Auge blind bleiben.«

»Sie werden sich schon gut um ihn kümmern«, antwortete Tim überzeugt. Dann blickten alle nach vorn, wo Gaby ihr Solo spielte. Ihr Vater platzte fast vor Stolz. Plötzlich rief er Tim ins Ohr: »Falls du noch nicht weißt, was du werden willst: So einen wie dich könnten wir gut bei der Polizei brauchen!«

»Danke«, erwiderte Tim lachend. »Aber ich werde lieber Ingenieur. Wie mein Vater.« Seine Mutter legte strahlend den Arm um ihren Sohn und drückte ihn fest an sich.

Als Gabys Solo zu Ende war, klatschten alle begeistert Beifall. Frau Müller-Borello kam vorbei. »Schön, dass hier wieder Normalität einkehrt nach der ganzen Aufregung«, sagte sie aufgekratzt und legte den Arm um Karl, der neben ihr stand. »Ich kann immer noch nicht glauben, dass Pauling das wirklich ganz allein durchgezogen hat.« Noch immer schien sie empört zu sein beim Gedanken an ihren einstigen Vorzeigelehrer.

Kommissar Glockner nickte. »Das war schon ziemlich ausgefuchst«, meinte er.

»Aber hallo«, sagte Herr Sauerlich und alle blickten sich vielsagend an.

In einer ruhigen Minute lotste Willi seine drei Freunde ins Hauptquartier. Tim, Gaby und Karl waren sehr gespannt, was sie nun erwartete. So geheimnisvoll, wie Willi tat ...

Auf dem Dachboden grinste er über das ganze Gesicht. »Leute, ich habe euch etwas Hammermäßiges mitgebracht«, meinte er. Dann zog er vier weiße Sweatshirts mit roten Ärmeln hervor und warf jedem der drei eines zu. »Anziehen!«, befahl er.

Tim lachte. »Oh, Willi, das ist jetzt nicht dein Ernst?«

»Willi?«, fragte Willi empört zurück, doch er strahlte noch immer. »Klößchen!«, sagte er dann. »Das gilt für euch alle. Denn so nennen mich meine Freunde.«

»Okay, Klößchen!«, riefen Gaby, Karl und Tim im Chor und alle lachten.

Dann zogen sie schnell ihre neuen Sweatshirts über.

Als sie wenig später zurück in die Turnhalle kamen, bildeten die Schüler, Lehrer und Gäste des Sommerfestes spontan eine Gasse, durch die die vier laufen konnten. Alle klatschen Beifall und das hatte einen guten Grund: Auf den T-Shirts waren die Anfangsbuchstaben ihrer Namen aufgedruckt. Zusammen bildeten sie: TKKG.

Das sollte nun ihr Bandenname sein. Vielleicht lösten sie ja noch viele weitere Fälle, wer wusste das schon?

Die Polizei konnte jedenfalls gut die Hilfe von TKKG gebrauchen, sollte es noch mehr Bienerts auf dieser Welt geben. Der fuhr nämlich noch immer im Kreis über den Schulhof und wusste nicht, was er der Stimme des Polizeifunks antworten sollte. Die rief ziemlich ungeduldig: »Wo bleiben Sie, das Phantom auf dem Feuerstuhl ist weiter flüchtig ...«